Dark Loneliness

Von Diana Zirnstein

Buchbeschreibung:

Über den Autor:

Dark Loneliness

Verbotene Liebe

Von Diana Zirnstein

Telefon:

diana.jever@gmail.com

Auflage, 2020

© Diana Zirnstein – alle Rechte vor-
behalten.

Herstellung und Verlag:

BoD- Books on Demand, Norderstedt

ISBN: 978-3-7504-0306-2

diana.jever@gmail.com

6

1. Kapitel

PRISCILLA UND WILBERT

Ein düsterer Tag in England. Der Regen fiel auf das Strohdach der kleinen Hütte im Wald, es regnete durch und Priscilla stellte Töpfe und Schüsseln unter, damit der Boden trocken blieb. Immer wieder sah sie aus dem Fenster, sehnsüchtig hielt sie Ausschau nach ihm. Es war fast mittag, um diese Zeit kam er sonst immer zu ihr. Doch es war nichts von ihm zu sehen. Sie versuchte, sich abzulenken, und sortierte ihre Kräuter und Tränke neu. Da hörte sie das lang erwartete Klopfen an ihrer Tür. Sie hastete zur Tür und öffnete sie. Durchnässt und zitternd stand er vor ihr. Erwartungsvoll nahm sie ihn in die Arme und holte ihn rein. Mit einer Decke und etwas warmen Tee setzte sie ihm vor das warme Kaminfeuer.

»Mein Liebster wärm dich auf. Nicht das du krank wirst«, sagte sie mit besorgtem Ton und rubbelte ihm liebevoll warm mit der Decke.

»Das Wetter ist echt fürchterlich heute. Dank dir meiner Liebsten geht es mir schon besser« er lächelte ihr zu und nahm einen

Schluck heißen Tee aus einer Tasse, die sie selbst getöpfert hatte aus Lehm.

Jeden Tag kam Wilbert zu ihr. Sie aßen zusammen und tranken Tee. Er erzählte ihr Geschichten aus der Stadt und von seinen Reisen. Wenn er einmal länger fort war, brachte er ihr neue Kräuter mit und berichtete von außerhalb. Wilbert war ein Ritter und wie jeder von ihnen oft unterwegs. Sie trafen sich zum ersten Mal, als er auf der Jagd war. Wegen ihr verfehlte er sein Ziel, sie lächelte ihn an und es war um ihn geschehen. Seit diesen Augenblick dachte Wilbert nur an Priscilla.

Er genoss es, von ihr verwöhnt zu werden, und lächelte sie zufrieden an.

»Erzähl mir, wie dein Tag war. Was gibt es Neues in der Stadt« Priscilla setzte sich zu ihm ans Feuer und hörte gespannt zu, während sie Holzscheite nachlegte, um das Feuer anzuheizen. Sie war nie in der Stadt, weil sie dort einen ausgesprochen negativen Ruf hatte als Hexe. Was aber der Wahrheit entsprach. Sie verstand eine Menge von Kräutern und Zaubern. Trotz ihres Rufs kamen immer wieder heimlich Leute zu ihr und baten sie um Rat und Medizin, doch niemand gab öffentlich zu, je ihre Hilfe gesucht zu haben. Wilbert gab auf die Gerüchte nichts, er liebte sie so, wie sie war.

»Nun viel gibt es nicht zu erzählen. Die Herzogin solle sich nicht wohl fühlen. Sie liegt schon ein paar Tage mit Fieber im Bett, erzählt man sich«, sagte er und nahm ein Schluck Tee.

»Oh das ist bedauerlich. Sie muss viel trinken und sich ausruhen. Wenn ich könnte, würde ich zu ihr gehen und nachsehen. Aber ihr habt bestimmt einen guten Medikus in der Stadt«, erwiderte sie.

»So mir ist wieder warm«, Wilbert warf die Decke weg und zog Priscilla zu sich ran. »Jetzt lass mich dich küssen. Ich hab dich den ganzen Tag schon vermisst«, sagte er. Er nahm ihren Kopf sanft in zwischen seine Hände und küsste sie. Am liebsten würde er ewig bei ihr bleiben, doch schon bald rief wieder der Krieg. Und zuvor verbrachten sie eine leidenschaftliche Nacht zusammen.

Der Vollmond schien hell ins Fenster und Priscilla lag wach neben Wilbert im Bett. Sie träumte davon, mit ihm wegzulaufen, ihn eines Tages zu heiraten und Kinder zu bekommen. Einen Neuanfang in einer Stadt, wo sie niemand kannte.

Am nächsten Morgen musste Wilbert wieder los. Sie aßen zusammen Frühstück und Priscilla gab ihm einen Kuss zum Abschied.

»Komm bald wieder und bleib gesund. Ich vermiss dich jetzt schon« sagte sie und fühlte wieder diese Sorge, dass ihm etwas passieren könnte.

Priscilla war eine Hexe, aber sie konnte manchmal in die Zukunft sehen. Doch das Hexengesetz verbot es sich einzumischen. Sie spürte, dass bald etwas geschehen würde, aber es war verschwommen, nicht greifbar für ihren Verstand, jedenfalls bis jetzt nicht.

Er ging wieder zu seinem Herren dem Herzog von York, ein Krieg stand bevor, alle sollten sich vorbereiten, befahl er.

Es fiel Wilbert nicht leicht, so weit weg von Priscilla zu sein und nicht zu wissen, ob er wieder kommt. Er sattelte sein Pferd, warf einen letzten Blick auf seine Geliebte, die weinend und mit einem gezwungenen Lächeln an der Tür ihres Hauses stand, und schwang sich auf sein Pferd. Er schwor sich, wenn er wieder kommt, würde er mit ihr weggehen und sie heiraten. Er winkte ihr zum Abschied zu und ritt Richtung Stadt.

Er hatte Angst vor dem Krieg und den Konsequenzen, die er mit sich brachte. Im Krieg starben Menschen auf beiden Seiten, doch er war seinen Herren verpflichtet.

Der Krieg ging über einige Wochen hinweg, und Priscilla wartete jeden Tag auf Wilbert oder eine Nachricht von ihm. Die Sorge um ihm wurde immer größer, als alle anderen nach Hause kamen und von ihm noch immer keine Spur war.

Ein paar Tage später klopfte es an der Tür von Priscilla. Wilbert stand blass und blutend am Kopf vor der Tür. Er zitterte vor Schmerz und konnte nur flüstern.

»Hilf mir«.

Priscilla stand starr vor Schock vor ihm und sah ihm an.

»Oh mein Gott, was ist passiert?«, fragte sie und holte ihm rein. Er vertraute nur ihr, und wusste, dass sie ihm helfen konnte. Wilbert wurde von einem Speer am Kopf getroffen und schwer verletzt.

»Leg dich auf das Bett und ich verbinde deine Wunden«. Sie mischte eine Tinktur aus einige Heilpflanzen zusammen und wollte daraus ein Mittel gegen die Schmerzen und gegen eine Entzündung herstellen. Priscilla schmierte sie auf ein sauberes Tuch und legt es auf seine Platzwunde am Kopf.

Wilbert spürte die schmerzlindernde Wirkung und stöhnte müde auf.

»Ich danke dir«, er schloss seine Augen und schlief ein. Sie fasste seine Stirn an und konnte die Hitze seines Körpers an ihrer Handfläche spüren, er hatte hohes Fieber. Aus ein paar Pflanzen mischte sie ein fiebersenkendes Mittel und tropfte es in meinem Mund. Sie hoffte, es würde helfen. Wilbert fühlte überall Schmerzen, und zitterte am ganzen Körper, er konnte nicht ruhig schlafen und träumte schlecht.

Priscilla redete beruhigend auf ihn ein und hielt seine Hand. Die Heilpflanzen wirkten nicht, und sein Zustand verschlechterte sich in den nächsten Tagen. Priscilla hatte Angst und wusste nicht, wie sie mich noch helfen konnte.

Aber es gab noch etwas, das sie sich nicht versucht hatte. Wenn die normalen Heilmittel nicht halfen, mussten die magischen Mittel herhalten. Sie wusste, dass es gegen das Hexengesetz war,

12

einen Sterbenden mit Magie zu heilen, und würde schlimme und ungeahnte Folgen nach sich ziehen.

Doch ihr blieb keine andere Möglichkeit, sie wollte mich retten, koste es was, es wolle.

Aus einem Schrank vom Dachboden holte sie ihr Buch der Zauber. Sie setzte sich an den Tisch in der Küche und blätterte nervös darin. Immer wieder sah sie zu Wilbert, der immer schwächer wurde und schreckliche Schmerzen hatte, hinüber. Mit Tränen in den Augen fand sie schließlich den gesuchten Heilzauber.

Sie schluckte die Angst herunter und sammelte alle Kräuter und Zutaten zusammen.

In einen Zinntopf kochte sie Wasser und die Zutaten. Als alles abgekühlt war, füllte sie es ein kleines Gefäß und ließ Wilbert davon trinken.

Sie sah mich an und versuchte mich zu beruhigen.

»Bald bist du wieder gesund. Versprochen.«

Priscilla legte die Hand auf seine Stirn und sprach ein paar Worte auf Latein.

Es gab zwei Möglichkeiten, wie das enden würde. Entweder er würde morgen früh aufwachen und sich besser fühlen, und gesund sein, oder er wäre morgen früh tot.

Die ganze Nacht saß Priscilla bei Wilbert am Bett und hielt seine Hand. Morgens wachte er auf. Er blinzelte sie an und fühlte sich besser, aber er hatte großen Hunger.

»Was ist passiert? Er wäre fast gestorben und nun geht es mir wieder gut. Wie ist das möglich?«, fragte er sie verwundert.

Es ging ihm gut aber sie wusste, dass es Konsequenzen geben würde.

»er musste eine Regel brechen, um dich zu retten. Sonst hättest du die Nacht nicht überlebt.«, sagte sie und hatte trotzdem ein schlechtes Gewissen. Er setzte sich auf und sah sie liebevoll an.

»Du hast mir das Leben gerettet, er wusste, dass du mir helfen kannst. er liebe dich egal, was passieren wird.«

Es schien ihm gut zu gehen und er bat sie, ihm etwas zu essen zu machen. Sein Körper verlangte nach etwas Deftigem. Sie dachte, es lag daran, dass er die letzten

Tage nichts gegessen hatte, und machte mich ein ordentliches Mittagessen.

Hungrig sah er zu, wie sie das Kaninchen gebraten hatte. Bei dem Anblick lief ihm das Wasser im Mund zusammen, er konnte es kaum erwarten, es zu essen.

Priscilla stellte das gebratene Kaninchen auf den Tisch und Wilbert griff sofort nach einer Keule. Gierig verschlang er es, und leckte genüsslich alles ab. Verwundert sah sie ihm an.

»Du hast aber großen Hunger«.

»Ich könnte einen Bären verschlingen«, er sah sie mit großen Augen an und stand auf. »Gute Idee, ich werde einen Bären erlegen und dann essen wir ihn, das Fell wird unser Bettvorleger werden.«

Das Essen machte mich nicht satt, er wollte mehr.

Er wollte raus gehen, es war mitten am Tag und die Sonne scheinte hell und heiß. Als einen Schritt nach draußen machte, brannte seine Haut wie Feuer. Er sprang vor Schmerzen wieder zurück.

»Ahh, was ist das?«, schrie und sah Priscilla fragend an.

Sie rannte zu ihm und sah nach seinen Wunden. Sie verschwanden so schnell, wie sie wieder da waren.

»Das ist nicht gut«, nervös lief sie hin und her. »Ich hab gegen die Regeln verstoßen und das sind die Konsequenzen«, sie hatte Panik. Ihr Liebster vertrug keine Sonne mehr.

Verwirrt sah Wilbert sie an.

»Wie meinst du das?«

»Man darf keine Heilzauber auf Sterbende anwenden, es hat schlimme nicht voraussehbare Folgen.«, sie sah ihm traurig an. »Ich wollte dich retten, koste es, was soll.« Sie ging zu ihm und hielt seine Hand. »Aber es hat geklappt, du lebst und es geht dir gut. Doch du kannst bei Tag nicht mehr raus. Nur nachts«, versuchte sie, zu begreifen, was ihr Handeln für Folgen hatte.

»Ich bin ein Nachtwandler?«, fragte er verwirrt. Sie nickte. Es schmerzte sie, ihm das sagen zu müssen.

»Es tut mir leid, ich wollte dich retten. Ich durfte dich nicht verlieren.«, weinte sie.

Er nahm sie in den Arm und wollte sie trösten.

»Wir schaffen das schon. Ich bleib einfach bei dir. Wenn jemand fragt, ob du mich gesehen hast, sagst du einfach, ich wäre an meinen Verletzungen gestorben.«, erklärte er ihr.

Er wollte bei ihr bleiben und ging nur nachts raus. Sein Hunger wurde größer, also wartete er, bis es dunkel war, und jagte Tiere. Er war schneller als vorher und mit jedem Tag, an dem er Tiere tötete, verlangte es mehr nach ihrem Blut. Als er ein Hirsch erlegte, gab er dem Verlangen zum ersten Mal nach. Er riss meinem Mund weit auf und lange Fänge stießen aus meinem Mund hervor. Gierig haute er seine Fänge in den Hals des toten Tieres, und trank dessen Blut. Zum ersten Mal war sein Hunger richtig gestillt und er fühlte sich stark und unbesiegbar.

Er schrie seine Kraft in die Nacht hinaus. Ein lautes Brüllen war zu hören, das man noch viele Meilen hören konnte. Der Boden bebte bei meinem Gebrüll. Er hatte das Gefühl, dass nur Blut sein Hunger stillen konnte.

Satt und zufrieden ging er wieder zu Priscilla.

Damit sie sich nicht unnötig sorgt und Vorwürfe machte, wollte er ihr nicht sagen, was gerade im Wald passiert ist. Er gab einfach vor, dass er einen Hasen im Wald gegrillt hätte und davon satt wäre.

Er kam bei Priscilla an und lächelte sie glücklich an.

»Du siehst zufrieden aus. Anders als sonst.«, stellte sie fest. Sie berührte sanft sein Gesicht und streichelte seine Wangen. Eine starke Gänsehaut überkam sie zusammen mit einer Vision:

Wilbert stand vor einem Hirsch mit blutverschmiertem Gesicht und brüllte in die Nacht. Eine Minute später stand er in einem Heer voller Soldaten und die bei Mondschein vor einer Burg standen und ebenfalls brüllten.

Sie holte tief Luft und sah mich entsetzt an.

»Was?«

»Was ist denn meine Liebste?«, fragte er besorgt, als ich ihr Gesicht sah.

Sie konnte ihm nicht sagen, was sie gesehen hatte, aus Angst er würde ihr auch etwas antun.

»Nichts, du bist nur so kalt.« Sie drehte sich um und holte eine Decke.

»Setzt dich ans Feuer und wärm dich auf.«

Er kam ihrer Aufforderung nach und setzte sich ans Feuer.

Sie spürte Gefahr in meiner Nähe und den Tod. Doch sie konnte nur beten, dass ihre Vision nicht wahr werden würde.

In den nächsten Nächten blieb er immer länger weg, und benahm sich merkwürdig.

Priscilla beschloss, ihm in der nächsten Nacht zu folgen, und sah, wie er an einem alten Bauernhof kam, und sich dort einschlich. Verwirrt ging sie näher heran und beobachtete ihm bei seinen Vorhaben.

Wilbert ging in das Schlafzimmer der Bauern, beugte sich über die Bäuerin und biss in ihren Hals. Priscilla gefror das Blut in ihren Adern, als sie das Schlürfen von Wilbert hörte. Schockiert und in Panik rannte sie zurück zu ihrem Haus.

Sie atmete schnell und stolperte ein paar mal über Äste und Steine. Sie lief so schnell, wie sie konnte, sie musste vor ihm zuhause seine, damit er keinen Verdacht schöpfte.

Wilbert wischte sich das Blut mit meinem Handrücken von den Lippen. Die Bäuerin wurde wach und sah mich erschrocken an.

Er sah ihr tief in die Augen und sagte hypnotisch zu ihr:

»Du hast nur geträumt, es war alles ein Traum. Schlaf jetzt weiter.«,

Sie schloss sofort wieder die Augen und schlief weiter. Er schlich wieder raus und ging gesättigt nach Hause.

Priscilla lag im Bett und tat als, ob sie schlief, innerlich hatte sie Angst und wusste, dass ihre Vision bald wahr werden würde. Und alles nur, weil sie ihm retten wollte.

Wilbert legte sich zu ihr und schmiegte seinen Körper eng an ihren. Er war so kalt und eisig, bald würde auch sein Herz aus Eis sein. Priscilla weinte leise, während ihr die Tränen runter liefen auf ihr Kissen.

Wilbert benahm sich gegenüber Priscilla immer aggressiver und hatte sich fast nicht mehr im Griff. Sein Hunger auf Blut überforderte mich und er war ein paar Mal kurz davor sie zu beißen. Als es wieder einmal beinahe passiert war, begriff er, dass es so nicht weiter gehen konnte. Seine Verwandlung und sein Verhalten machten ihm selbst Angst. Er wollte Priscilla doch heiraten, er liebte sie und nun war er eine Gefahr für sie.

Sie sah ihm ängstlich an und weinte.

»Es tut mir leid meine Liebste. Ich bin ein Monster. Ich will dir nicht wehtun.«, ich packte seine Sachen und ging zu Tür. »Und deshalb werde dich verlassen.« Ein letztes Mal sah ich zu ihr, bevor ich das Haus verließ und ging.

Priscilla weinte, weil er ging und aus Erleichterung. Aber sie hatte Angst davor, dass er anderen Schaden könnte, und schwor sich, sobald sie hören würde, dass es Tote gab, würde sie eingreifen, egal wie.

Niedergeschlagen und durcheinander beschloss Wilbert, die Gegend zu verlassen.

Seine Menschlichkeit schwand mit jeder Minute mehr, doch er wollte auf keinen Fall alleine dahin vegetieren. Es musste doch eine Möglichkeit geben, wie er Artgenossen finden oder gar erschaffen konnte.

Er las früher heimlich in den Büchern von Priscilla und fand raus, dass Blut eine besondere Bedeutung hatte, nicht nur zu Nahrung bei Tieren, sondern auch eine magische. Vielleicht mussten andere nur sein Blut trinken nach einem lebensbedrohlichen Biss von ihm. Ähnlich wie bei meiner Rettung. Er bekam die diesen Trank, als er fast starb. Der Trank befindet sich mit meiner Wirkung in meinem Blut. Bei der nächsten Gelegenheit wollte er einen Versuch wagen.

Er wanderte die ganze Nacht hindurch und versteckte sich bei Tagesanbruch in einer Höhle im Wald. Tierisches Blut war ihm nach einiger Zeit zu Wider. Als es nachts wurde, suchte er nach einem Menschlichen Opfer, und jemanden den er verwandeln konnte.

Ein Soldat aus einer Nachbarstadt ritt nachts gerade nach Hause, er war erschöpft und machte Rast an einem Baum. Wilbert schlich sich leise und schnell von hinten an. Er riss sein Kopf zu Seite und biss herzhaft in seine Halsschlagader. Er trank so viel, dass er gerade noch am Leben blieb und winseln konnte.

»Bleib ganz ruhig und du wirst am Leben bleiben. Du musst nur mein Blut trinken.«, erklärte Wilbert den Soldaten eindringlich. Mit Tränen in den Augen und voller Schmerzen sah er Wilbert an. Er zuckte vor Schmerzen und Wilbert hatte keine Wahl, er musste mich mein Blut jetzt geben, sonst wäre er in ein paar Minuten tot. Er biss sich in das Handgelenk, damit es blutete, und drückte den Soldaten seinen Arm an den Mund. Dieser schluckte das Blut langsam runter und riss erschrocken seine Augen auf. Seine Pupillen erweiterten sich und er spürte ein erlösendes und heilendes Gefühl in sich.

»Gut so. Mein Freund du wirst leben. Wir werden gute Freunde werden.« Wilbert lachte zufrieden als er sah, wie sich der Soldat erholte.

»Ruh dich nur aus, ab morgen Nacht wirst du ein neues Leben führen.« , erklärte er ihm.

Der Soldat fiel in Ohnmacht und Wilbert zog ihm in seine Höhle, damit sie vor dem Sonnenlicht geschützt wären.

Endlich war er nicht mehr alleine unterwegs, er wollte ihm alles bei bringen, was er wusste über das Leben als Nachtwandler, wie er sich selbst nannte.

Während der Soldat schlief, holte Wilbert nachts tote Tiere in die Höhle, damit sie etwas zu essen hatten. Als der Mond aufging, wurde er wieder wach.

»Was ist passiert? Wo bin ich?«, fragte ich verwirrt.

»Ah du bist endlich wach. Mein Freund. Ich bin passiert. Ich hab dich zu meines Gleichen gemacht.«, erklärte Wilbert. »Aber sag, wie heißt du mein Freund?«, fragte ich den Soldaten.

»Mein Name ist Luke, aber was bedeutet deines Gleichen?«, ich wich ängstlich zurück.

»Wir sind Nachtwandler, Untote wenn du es so willst. Bei Tag schlafen wir, und bei Nacht sind wir unterwegs und suchen uns Nahrung. Blut um genau zusein. Denn nur das macht uns satt.«, erklärte er Luke wohlwissend, dass es verrückt klang.

Luke dachte, er wäre in der Hölle, das Lagerfeuer in der Höhle warf furchterregende Schatten an die Wand, und dann Wilbert der mich verrückte Sachen erzählte.

»Du denkst, ich will dir einen Bären aufbinden? Dann sag mir was denkst du, wenn du den blutenden Hasen neben dir liegen siehst?«, fragte Luke.

Luke sah den Hasen neben sich, und war wie hypnotisiert vom Anblick des Blutes. Er griff sich den Hasen und biss rein. Schlürfend trank er das Blut aus dem toten Hasen. Erschrocken von meinem

Handeln gerade, warf er den Hasen von sich.

»Was hast du mit mir gemacht?«, wütend schrie er Wilbert an.

»Ich hab dich zu einem stärkeren und schlaueren Lebewesen gemacht.«, er versuchte, mich zu beruhigen, und erzählte ihm von meinem Leben als Ritter und den Kriegen und wie es sich verändert hat, seit dem er sich verwandelt hatte.

»Ich wäre fast gestorben, doch dank dieser Verwandlung bin ich nun stärker als je zuvor.«, erklärte er ihm. Nachdenklich sah in das lodernde Feuer. »Das einzige Problem ist, wir können kein Sonnenlicht ab. Es würde uns töten.«, er sah Luke ernst an. »Das ist kein Scherz und vor allem kein Spiel.«, erklärte er ihm mit düsterer Miene.

Luke hatte eine Weile damit zutun, sein neues Leben zu akzeptieren. Doch er freundete sich langsam mit Wilbert an und lernte nach und nach mit seinen neuen Fähigkeiten umzugehen.

Damit, dass er nun nicht mehr bei Tag raus konnte, kam er am wenigstens klar. Der Schmerz auf meiner Haut, wenn er es doch wagte raus zugehen, erinnerte ihm dann schnell wieder an sein Schicksal.

Zusammen waren sie stärker und passten sich an. Einige Monate nach Lukes Wandung mussten sie weiter ziehen. Da die Nahrung im Wald knapp wurde und sie nicht unnötig Menschen verletzen wollten, blieb ihnen nichts anderes übrig als in anderen Städten Nahrung zu suchen.

Nur zu zweit wollten sie eines Tages nicht mehr bleiben. Wilbert wollte Luke zeigen, wie er jemanden wandeln konnte, sie wollten sich vermehren.

Dafür mussten sie jemanden finden, bei dem es ein Leichtes war. In ihrer neuen Heimat Norfolk gab es ein Fest, Luke und Wilbert besorgten sich etwas Passendes zum Anziehen und freuten sich schon darauf unter Menschen zu kommen. Sie wollten keinen männlichen Verbündeten, sondern einen weiblichen.

Die Auswahl an Damen war groß, doch die beiden hatten es auf edles Blut abgesehen. Sie wollten sich nicht nur vermehren, sondern auch Macht, Macht über die Reichen und Adligen. Ewig waren sie in Dienst der Majestäten und Fürsten als Soldaten und Ritter, nun wollten sie es andersrum.

Ihr Objekt der Begierde war die Baronin von Norfolk. Mitten im Gewimmel befand sie sich und unterhielt sich mit den Gästen. Hochnäsiges Gelächter und Getue wo man nur hinsah, sie brauchten sich nur ein wenig Anpassen.

»Beobachte die anderen hier und mach sie einfach nur nach, dann fällst du nicht auf.«, erklärte Wilbert. »Denk dran, unser Ziel ist die Baronin«, wies er Luke an. Luke warf der Baronin vielsagende Blicke zu und sah ihr tief in die Augen. Er hatte von Wilbert gelernt mit seinen Fähigkeiten um zugehen, daher wusste er, wie er sie bezirzen musste, damit sie machte, was er wollte. Wie auf Knopfdruck wandte sich die Baronin von ihren Gegenüber ab und kam zu Luke rüber.

»Ich begrüße sie auf meinem Fest. Sie sind nicht von hier oder? Ich kam nicht ohnehin sie persönlich zu begrüßen«, die Baronin flirtete mit Luke, genau so, wie er es geplant hatte. Die Baronin war einsam, wenn ihr Mann im Land unterwegs war, und sie war bekannt dafür, sich heimliche Geliebte zu halten. Niemand traute sich, dem Baron etwas davon zusagen. Luke fiel in ihr Beuteschema, aber sie wusste nicht, dass sie die eigentliche Beute war.

»Ja ich bin nicht von hier, und suche noch nette Bekanntschaften, wie sie.«, erzählte Luke ihr und machte ihr nebenbei ein paar Komplimente. Sie schmolz wie Butter auf einem heißen Toast, bei Lukes Worten.

»Darf ich sie um diesen Tanz bitten?«, fragte Luke und verbeugte sich höflich vor ihr.

»Sehr gerne.«, erwiderte die Baronin. Luke war ein sehr guter Tänzer, und so verzauberte er sie mit seinem Charme und tiefen hypnotischen Blicken.

»Wie wäre es, wenn wir uns zurückziehen?«, er zwinkerte ihr vielsagend zu.

Wilbert mischte sich unter das Volk und beobachtete die beiden neugierig. Als er sah, dass sich beide zurückzogen, wusste er, dass alles nach Plan lief, und suchte sich ebenfalls ein Opfer aus.

Luke und die Baronin zogen sich in eines der Gästezimmer im Haus zurück. Die Baronin wurde ganz verrückt nach Luke, und zog wild an seinen Sachen rum.

Während des Liebesaktes, als die Baronin in völliger Ekstase war, und stöhnte, Biss Luke sie in den als, und genoss ihr adliges Blut. Sie merkte gar nicht, wie ihr geschah. Der Akt und das Blutsaugen, berauschte Luke so sehr, dass er fast vergaß, warum er es eigentlich tat.

Als er wieder klar denken konnte, und die Baronin immer noch völlig erregt war, ritzte er sich das Handgelenk auf, und steckte es an den stöhnenden Mund der Baronin. Sie schluckte das Blut, ohne zu merken, was es war.

»So schön sind sie meine Baronin, und nun gehören sie zu uns.«, sagte Luke lüstern. Er stieß dabei mit meinem Becken tief in sie und brachte sie laut zum Höhepunkt. Luke hatte zwei Akte erledigt. Soeben hatte er seinen ersten Vampir geschaffen.

Am nächsten Morgen wurde die Baronin wach, und fühlte sich eigenartig. Ihr Frühstück, was sie sonst so genoss, schmeckte ihr nicht mehr. Sie verlangte ein Steak. Ihr Gefolge sah sie verwundert an, und dachte, sie würde krank werden.

Auch einen Tag später fühlte sich nicht normal, jetzt wollte sie Blut. Wilbert und

Luke beobachteten sie, und waren der Meinung, dass es jetzt an der Zeit war, sie einzuweihen.

Als sie in ihrem Schlafgemach war, sprangen sie durch das geöffnete Fenster hinein und überraschten sie.

»Was machen sie hier?«, sie starrte die beiden mit großen Augen an und bedeckte sich. Etwas Blut lief ihr an den Mundwinkeln runter und sie wischte es sich mit den Handrücken peinlich berührt ab.

»Siehst du Luke, wie ich es dir gesagt hab. Unsere Baronin ist nun eine von uns. Willkommen bei den Nachtwandlern wehrte Baronin.«, Wilbert sah sie lächelnd an und verbeugte sich.

Entsetzt sah sie die beiden an, als sie verstand, dass Luke es war, der sie krank machte.

»Sie waren es. Was haben sie mit mir gemacht?«, sie wich ängstlich einen Schritt zurück, als Wilbert näher kam.

»Keine Angst. Wir haben sie stärker und besser gemacht. Eine Frau wie sie verdient es mehr Macht zu haben und sich nicht ihren Mann unterwerfen zu müssen.« Wilbert verstand es, ihr zu schmeicheln, und so löste sich ihre Angst in Luft auf.

»Aber warum, kann ich nicht bei Tag raus. Und dieser Blutdurst.«. Sie war immer noch sehr verwirrt.

»Das Blut macht sie übermenschlich stark und verleiht ihnen Fähigkeiten, die kein normaler Mensch hat. Es ist nun ihre Hauptnahrungsquelle.«, erklärte Wilbert ihr. Nach und nach verstand sie ihren neuen Lebensweg. Luke und Wilbert zeigten ihr alles, was sie wissen musste und gefiel ihr neues Leben immer besser.

Um mehr Macht zu bekommen und sich weiter zu vermehren, schmiedeten sie einen Plan. Die Baronin sollte sich ihren Gatten entledigen. Und Luke sollte seinen Platz einnehmen. Damit hatte die Baronin, die nun Elisabeth genannt werden wollte, ihre erste große Aufgabe und eine Mahlzeit. Der Baron war ein Langweiler, und so war ihr der Tod ihres Gatten recht.

In der Nacht als sie mich ausgesaugt und getötete hatte, schrie sie um Hilfe und erzählte eine ausgedachte Geschichte von einem Einbrecher, der ihren Mann getötete hätte. Es wagte niemand, ihr zu widersprechen, da sie die Baronin war. Außerdem hatten sie mittlerweile Angst vor ihr. Ihr Verhalten wurde jetzt etwas aggressiver gegenüber ihren Angestellten. Sie schrie sie nicht nur an, sondern knurrte sie an. Wenn sie das tat, glühten ihren Augen.

Ein paar Monate später wurde die Kunde verbreitet, dass Elisabeth einen neuen Mann heirateten würde. Niemand Geringeres als Luke. So konnten sie ihre Macht innerhalb der Adligen verbreiten und sich vermehren.

Während Luke sich als neuer Baron vergnügte, zog Wilbert weiter umher, und suchte neue Verbündete. Immer mehr Adlige und Soldaten sollten es sein, das bedeutete auch mehr Tote und mehr Vampire.

Von einer Frau aus der Stadt hörte Priscilla, dass es in ein paar Städten außerhalb, unerklärliche Morde gab. Sofort hatte sie einen Verdacht, wer dahinter steckte. Die Frau erzählte ihr, dass sich die Fürsten und Barone immer merkwürdiger verhalten würde. Es würden Menschen verschwinden, und nur noch nachts wieder auftauchen, nach dem sie bei ihnen gewesen waren.

Auch diese Menschen würden sich dann, anders verhalten als vorher. Priscilla wollte wissen, in welcher Stadt zuletzt diese Auffälligkeiten stattfanden, und machte sich entschlossen dazu, dem ein Ende zu setzen, auf den Weg dahin. Mit einer Tasche und einen Umhang ging Priscilla durch London und hielt Ausschau nach auffälligen Leuten. In der Nacht sahen die alten Fachwerkhäuser unheimlich aus, wenn nur der Schein der Kerzen durch die Fenster fiel. Die Schatten der Anwohner flackerten gruselig. Ein Licht nach dem anderen wurde gelöscht. Jedes Geräusch ließ sie Priscilla zusammenzucken, sie wusste, wo sie Wilbert finden würde. Sie konnte mich spüren, ihre Magie in meinem Blut. Er hatte keine Ahnung, dass er heute Nacht Besuch bekommen würde.

Priscilla fand mich, als er gerade ein Opfer suchen wollte.

»Stopp«, sie hob die Hand und ließ Wilbert erstarren. Er war bewegungsunfähig.

»Was? Was ist das? Warum kann er mich nicht bewegen.«, fragte er erschrocken und versuchte sich erfolglos aus dem Staub zu machen.

»Magie mein Freund, die gleiche Magie, die dich gerettet hat.«, sagte Priscilla erzürnt über den Anblick, der sich ihr bot. Gierig war Wilbert, gierig nach Blut der Menschen.

»Du hast unschuldige Menschen getötet. Du musst damit aufhören. Ihr alle müsste damit aufhören, euch sinnlos zu vermehren.«

Wilbert erkannte Priscillas Stimme und eine Träne der Traurigkeit lief mich die Wange hinunter.

»Priscilla was machst du hier?«, fragte er.

»Ich bin hier, um dich aufzuhalten.«, sie hielt ihm immer noch in der Starre fest. Sei Gesicht wollte sie nicht sehen, die Fratze des gierigen mordenden Monsters, das er geworden war.

»Ich kann nicht aufhören. Sonst verhungere ich.«, er schnappte plötzlich nach Luft.

»Wenn du nicht aufhörst, werde ich dafür sorgen, dass du es tust.«, sie hatte mit ihrer Magie und einer Bewegung ihrer Hand dafür gesorgt, dass er schlecht Luft bekam. »Vielleicht kann ich dich und deine Leute nicht töten, aber andere werden es können. Du hast drei Tage, um dich zu entscheiden. Tust du es nicht, werdet ihr

34

die Konsequenzen zu spüren bekommen.«, sie machte eine Bewegung und ich war wieder frei. Wilbert drehte sich ruckartig um, aber Priscilla war bereits wieder verschwunden.

Sein untotes Herz schlug schnell, und er holte tief Luft. Priscilla drohte mich mit dem Tod. Diese Begegnung musste er erst mal verdauen. Am nächsten Abend kehrte er zu Luke zurück und erzählte ihm, was passiert war.

»Wie soll sie uns denn töten?«, fragte Elisabeth, und trank einen Kelch mit Blut. Sie wischte sie die Überreste ihres Mahls ab und hob eine Augenbraue.

»Priscilla ist eine Hexe. Dank ihr bin ich untot. Dank ihr seid ihr so wie ich. Sie wird einen Weg finden, glaubt mir.«, erklärte ihnen Wilbert besorgt. Innerlich kämpfte er mit seinen Gefühlen für sie. Er hatte gehofft, sie nie wieder zu sehen. Doch als er ihre Stimme hörte, wurde er schwach. Gerne hätte er sie in den Arm genommen und geküsst. Doch ihre Stimme klang nicht so lieblich wie früher, stattdessen war sie ernst und wütend. Nachdenklich blickte er durch das Fenster des Herrenhauses.

»Macht dir keine Sorgen. Wir stellen Wachen auf, niemand wird hier rein kommen.«, erklärte Luke.

»Wenn es zu einer ausweglosen Situation kommt, versprecht mir, dass ihr flieht.«, bat Wilbert Luke. Luke versprach es mit einem Handschlag.

Die Frist von Priscilla war um, und Wilbert erwartete sie jeden Augenblick. Er saß mit dem anderen beiden beim Essen und stocherte in meinem blutigen Kaninchen rum.

»Iss lieber etwas.«, sagte Luke »Wenn sie wirklich so mächtig ist, wie du sagst, wird sie rein kommen ohne, dass du es merkst.«, erklärte er.

Die Uhr schlug Mitternacht und mit dem letzten Gong der Kirchenglocke stand Priscilla plötzlich verheißungsvoll im Raum. Ein Umhang verhüllte ihre Gestalt.

»Nun. Es ist die Nacht der Entscheidungen. Wie habt ihr euch entschieden? Leben oder sterben?«, fragte sie im drohenden Ton.

»Wir werden unser Leben auf keinen Fall aufgeben. Wir sind mächtiger als je zuvor. Hexe.«, protestierte Luke.

Priscilla hob den Zeigefinger und ermahnte Luke zu Vorsicht.

»Du hast keine Ahnung, mit wem du dich anlegst. Seid ihr alle dergleichen Meinung?«, fragte sie neugierig.

Wilbert hatte Priscilla noch nie so bedrohlich erlebt. So musste sie sich gefühlt haben, als er sich verwandelt hatte.

»Bitte. Wir wollen doch nur leben, wie jeder andere. Jahrelang waren wir die Sklaven und Kämpfer für andere. Wir wollen auch endlich dafür belohnt werden.«, flehte Wilbert.

Luke war der Meinung, dass Priscilla nur leere Worte sprach und nichts ausrichten könnte.

»Ich schlage vor, sie gehen wieder. Sie sind in unser Haus eingedrungen, und ich kann sie einfach gefangen nehmen, wenn ich das will.«, drohte Luke.

»Wie ihr wollt. Dann werdet ihr zukünftig die Konsequenzen tragen müssen. Und auf ewig gejagt werden.«, erklärte Priscilla und verließ das Haus, genau so plötzlich, wie sie gekommen war.

»Ich sag es ja, leere Drohungen. Wie ihr seht, ist nichts passiert.«, stellte Luke zufrieden fest.

»Das war nicht alles. Glaub mir.«, warnte Wilbert mich.

Priscilla war inzwischen bereit, Opfer zu bringen und Menschen zu opfern. Sie suchte in der Gegend von London einen Bauernhof auf, um ihren Plan wahr zu machen. Ein Mann und seine Söhne wohnten darin. Sie ahnten von ihren zukünftigen Schicksal nichts, als Priscilla an ihre Tür klopfte. Der Vater öffnete die Tür.

»Was kann ich für sie tun Lady?«, ich sah sie erstaunt an.

»Ihr werdet meine Soldaten sein im Kampf gegen einen bösen und grausamen Gegner. Nur ihr werdet in der Lage sein, mich zu töten.« Mit großen Augen starrte der Mann sie an, er konnte sich nicht bewegen.

Priscilla sprach ein paar magische Worte und verfluchte seine Familie.

»Von nun an werdet ihr meine Jäger sein. Jäger die Untote jagen. Solange bis der auch der Letzte von ihnen tot ist.«, sagte sie und die Männer im Haus verwandelten sich in riesige Wölfe. Der Vollmond schien in das Fenster des

Hauses und alle Wölfe heulten. Sie knurrten wütend einander an.

»Keine Angst ihr könnt euch jederzeit zurückverwandeln. Aber dennoch, seid ihr Werwölfe, die Untote jagen. Ihr könnt sie riechen und finden. Die Ersten befinden sich in London, viele weitere sind in England verteilt. Findet und tötet sie alle, und euer Fluch ist gelöst.«, erklärte sie den Wölfen und verschwand.

Die Wölfe verwandelten sich zurück und waren verwirrt darüber, was gerade passiert war. Sie fühlten sich merkwürdig stark, und ihre Sinne waren geschärft. Ein merkwürdig aggressiver Geruch stieg ihnen in die Nase.

»Das müssen die Untoten mein von dem die Hexe gesprochen hatte.«, bemerkte der Vater.

»Und wir sollen alle töten, sonst bleiben wir verflucht. Na toll.«, raunte der älteste Sohn.

Jahrzehnte vergingen und sie jagten die Vampire überall auf der Welt, die vermehrten sich genauso schnell, wie sie.

Einhundert Jahre später, war es fast geschafft. Nur noch Wilbert blieb übrig. Doch er wollte nicht einfach so sterben, und suchte nach jemanden, der sein Erbe antreten konnte. Eines Nachts fand er Fürst David, und beschloss ihm zu verwandeln.

Kurz darauf ergab sich Wilbert, ohne sich zu wehren, den Werwölfen. Die Wölfe dachten, dass der Fluch nun ein Ende hatte, doch sie irrten sich. Sie blieben verflucht. Jahre später tauchten wieder mehr Vampire auf. Und die Jagd begann von vorne.

2. Kapitel

ADAM

Ich stand vor meinem Rudel und sah in die Runde. Jeder meiner Brüder und Cousins musste gegen mich antreten, um herauszufinden, wer der neue Alpha wird. Als Ältester mussten alle gegen mich antreten. Schweiß lief mir am ganzen Körper runter, mein Sporthemd klebte nass an meinem Körper. Ein paar Kämpfe hatte ich schon hinter mir, einige trauten sich nicht mal. Darunter auch mein bester Freund Silver, er verzichtete aus Freundschaft zu mir auf den Kampf, und gönnte mir den Sieg, falls es soweit kommen würde. Silver hätte sogar die beste Chance gehabt gegen mich. Ich kannte seinen Kampfstil, wir waren Trainingspartner seit unserer ersten Verwandlung.

Louis war der Letzte. Klein aber schnell und beweglich, hatte er einen Vorteil mir gegenüber. Er war mein Cousin dritten Grades. Wir sahen uns herausfordernd in die Augen. Der Ehrgeiz brannte in seinen stahlblauen Augen. Schnaufend stand mir Louis gegenüber. Es ging um alles oder nichts. Nur ihn musste ich besiegen, und ich wäre der Oberalpha.

Mein Vater hatte mich schon immer als perfekten Alpha gesehen, und mich schon Jahre lang darauf vorbereitet. Ich wollte ihn stolz machen, selbst wenn er es nicht mehr miterleben konnte.

Louis ging auf mich los und warf mich auf den Boden. Ich stand wieder auf, schnappte mir Louis Arm und drehte ihn hinter seinem Rücken um. Schmerzerfüllt schrie er auf. Louis stampfte auf den Boden und wirbelte Staub auf, was ihn wohl auf eine Idee brachte. Louis griff nach unten in den Sand und warf den Sand in meine Augen.

Fuck. Gute Ablenkung aber unfair.

Er hielt sich für ganz schlau. Ich ließ von Louis ab und versuchte den Sand aus den Augen zubekommen. Er brannte und juckte in meinen Augen. Die Ablenkung nutze Louis aus, um mich abermals zu Boden zu werfen. Ich ließ das nicht auf mich sitzen und schnappte mir das Bein von Louis und zog ihn runter, woraufhin er auf den Kopf stürzte und das Bewusstsein verlor. Ich legte mich auf ihn und zählte bis drei. Damit war der Sieg mein. Alle, um mich herum begannen zu jubeln. Ich wurde damit offiziell zu Alphawolf.

Jedenfalls nach der offiziellen Einführung durch die anderen Alphas. Sie standen bereits wartend hinter mir und sahen mich mit ernsten und erwartungsvollen Blick an. Louis brachte man ins Krankenzimmer zum Verarzten.

»Der letzte Kampf wurde gekämpft. Und wie es das Werwolfgesetz will, erklären wir Alphas dich zu unseren Anführer. Mögest du uns weise und ehrgeizig zum Ziel führen.« , sagte mein Onkel Richard und klopfte mir auf den Rücken. Genau in diesem Moment spürte ich eine starke Macht in mir. Stärker denn je fühlte ich mich. Die Macht des Oberalphas begann zu wirken.

Das musste es sein, wovon mein Vater immer sprach. Es fühlt sich so krass an, so unbesiegbar.

Nun konnte meine Herrschaft und Führung beginnen. Ich hatte aber nicht vor lange ein Werwolf zu bleiben. Mein Ziel war es, den Fluch der Wölfe endgültig zu brechen und wieder als Mensch frei zusein. Dazu gehörte es, endlich alle Vampire ausfindig zu machen und zu töten, was kein Alpha vor mir geschaffte hatte.

»Genug Zeit verschwendet, macht euch wieder an die Arbeit. Ihr wisst, was ihr zu tun habt«, wies ich meine Leute an. Seit dem Tod meines Vaters versuchte ich, alle Rudel zusammen zuhalten, ich hatte stets Kontakt zu den Rudelführern der anderen Rudel. Europa war inzwischen dank uns völlig vampirfrei. Wenn es Hinweise gab, dass neue Vampire auftauchten, wurde sofort ein Rudel hingeschickt, um nachzusehen. Ich war ein direkter Nachfahre, des erstens Werwolfs, was mich zum Oberalpha machte. Jedes Rudel hatte seinen eigenen Alpha, aber der Oberalpha war eben, derjenige der alle kontrollierte. Die Rangordnung war geklärt, und ich ging in meine Hütte in einem Wald, wo wir ungestört und unentdeckt lebten. Ich zog mich um, denn ich hatte einen Auftrag zu erfüllen. Heute ging es in die Stadt. Ich selbst ging immer mit auf die Jagd. Zwei weitere Wölfe begleiteten mich als Unterstützung. Alleine waren wir nie unterwegs, denn Wölfe jagen bekanntlich im Rudel. Die Gefahr, dass einer von uns getötet wurde, durch eine silberne Kugel, war inzwischen groß. Es verbreitete sich schnell die Info, dass wir dadurch getötet werden konnten.

Nachdem mein kleiner Bruder Rupert, die Seiten gewechselt und uns verraten hatte, vertraute ich selten jemanden. Manche Arbeiten sollte man lieber selbst erledigen.

Gestern Nacht wurden Vampire gemeldet und heute sollten diese Untoten sterben. Es waren heimatlose Vampire, die umherzogen, niemand würde sie vermissen. Aber das machte für mich keinen Unterschied, alle mussten sie sterben, so verlangte es der Fluch. Ein Fluch, der unser Schicksal besiegelte, und dank den wir kein normales Leben führen konnten.

Wir fuhren mit dem Auto, einen in die Jahre gekommenen Pick-up, den ich von meinem Vater übernommen hatte, in die Stadt, zu dem Ort, wo die Vampire zuletzt gesichtet worden sind. Eine abgelegene Ecke eines Clubs. Wir stiegen aus und der Gestank der Vampire war überall. Sie mussten alle in diesem Club sein. Wenn ich mit meinen Leuten da rein gehen würde, konnte es kompliziert und gefährlich werden. Es musste einer nach dem anderen rausgelockt werden.

Das *Nights* war bekannt dafür, dass dort gerne Vampire ihre Nächte verbringen. Den Namen hatte er der Laden nicht umsonst. Der Besitzer war ein Hexenmeister.

Ich sprach mich mit Nick und John ab. Sie sollten eine Schlägerei anzetteln, und sie so rauslocken. Ich ging voran und flirtete mit einem der Vampirmädchen, was ihren Gefährten eifersüchtig machen sollte, der dann wiederum anfing auf mich los zugehen. Genauso so sollten es Nick und John auch machen. Es lief alles problemlos, und sie töteten ihre Opfer still im Hinterhof, na ja so still es eben ging. Dann passierte aber etwas, womit wir nicht gerechnet hatten. Ein paar der Vampire hatten den Tumult draußen gehört und kamen nachsehen. Sie griffen an und hatten geladene Pistolen dabei. Nick und John wurden erwischt in ihrer Wolfsgestalt. Ihr schmerzerfülltes Wolfsgeheul erfüllte die Nacht. Sie starben sofort.

Neiiin! Ich musste hier weg.

Mir steckte der Schock tief in den Knochen und ich wollte fliehen, doch ein Streifschuss hielt mich davon ab. Mit schmerzen sank ich zu Boden.

Im Gegensatz zu den anderen Wölfen hatte ich Glück. Die Vampire verschwanden, als sie Polizeisirenen hörten, und ließen mich einfach liegen. Minutenlang lag ich mit Schmerzen am Bein auf den Boden, das Blut rann an meinem Bein hinunter, als ich eine Stimme vernahm.

3. Kapitel

LILLY

»Hallo? Geht es ihnen gut? Kann ich ihnen helfen?«, rief ich ein paar Meter entfernt von einer Gasse.

Oh Gott er schien zu verbluten. Ich musste es etwas machen.

Oh man so viel Blut. Und er ist nackt.

Was zum ...?

Reiß dich zusammen, Lilly.

Der Mann kauerte auf der Straße vor Schmerzen. Meine Vampirinstinkte schlugen Alarm, der Mann blutete stark. Er brauchte dringend Hilfe. Ich riss mich zusammen, um den Blutgeruch zu widerstehen.

»Was ist denn mit ihnen passiert?«,fragte ich. Er fiel vor Schmerz in Ohnmacht.

Oh nein nicht ohnmächtig werden.

Ich nahm ihn mit zu mir und verband seine Wunden. Es sah nicht gut aus für ihn, er hatte viel Blut verloren.

Meine Ausbildung als Krankenschwester kam mir zu Hilfe. Wer war er wohl und was war ihm passiert? Was machte er so schwer verletzt vor dem Club, wo Jason immer war. Langsam tupfte ich seine Stirn ab, er schwitzte stark, aber seine Wunde schien schnell zu heilen. Zum Glück. Er schlief unruhig und erzählte wirre Sachen im Schlaf.

Bitte stirb nicht.

Als er wieder aufwachte, blickte er sich verwirrt um. Ob er wusste, was passiert war? Er rümpfte merkwürdig die Nase und rieb und sich die Schläfen. Ich sollte ihm etwas gegen die Schmerzen geben, dachte ich.

Seine Wunde am Bein schmerzte ihn noch zu sehr, dass ich konnte ich sehen, als er versuchte aufzustehen. Ich brachte ihn einem Teller Rührei und Speck. Es war nicht das, was wir Vampire bevorzugten, aber er war kein Vampir.

»Hier essen sie das. Sie haben viel Blut verloren«, erklärte ich und setzte mich neben ihn auf das Ledersofa, welches ein leichtes Knarzen von sich gab. Ich zeigte auf die Lehne neben ihn und erklärte ihm, dass dort Sachen zum Anziehen waren für ihn.

Er sah mich an, als ob ich ein Engel wäre oder etwas anderes, dass ihn zu lächeln brachte. Ich lächelte ihn freundlich an.

»Mein Name ist Lilly«, meinte ich. Und reichte ihm die Hand. Er lächelte zurück und gab mir ebenfalls die Hand. Es kribbelte, als ich seine Hand hielt in meinem Körper merkwürdig. Er schien das auch zu spüren und sah mich erschrocken an,

»Ich bin Adam«, sagte er schließlich und zog seine Hand langsam wieder zurück.

»Freut mich, aber was ist eigentlich mit ihnen passiert? Ich hab sie schwer verletzt in einer Gasse gefunden«,erklärte ich und hoffte auf Antworten.

»Ich wurde überfallen, und als sie Sirenen hörten, sind sie einfach abgehauen«, erklärte er unschuldig.

»Sie sehen nicht aus, als wenn sie sich nicht wehren könnten«, stellte ich fest, als ich ihm genauer ansah. Tatsächlich war er groß und muskulös.

Überfallen? Er sah sowas von durchtrainiert und scharf aus. Lilly denk nicht mal dran. Du bist mit Jason zusammen.

»Aber anscheinend wurden sie wirklich böse zugerichtet«, meinte ich.

50

»Warum haben sie mich nicht in ein Krankenhaus gebracht?«, fragte Adam nach.

»Ganz einfach. Ich traue den Ärzten nicht. Ich habe ihre Wunde gereinigt und genäht«,meinte ich. Er sah seinen Verband an und war erstaunt über meine medizinischen Kenntnisse.

»Und woher können sie das, wenn ich fragen darf?«, er sah mich lächelnd an. Diese dunklen Augen, strahlten so etwas trauriges aus. Ich hätte ertrinken können darin.

»Ich bin gelernte Krankenschwester. Ich habe einiges gesehen und zu viel, was Ärzte machen, hat mir nicht gefallen.«, erklärte ich nachdenklich.

Du kennst so viele Geheimnisse nicht Vo mir.

»Danke für das Verarzten«,bedankte er sich. »Warum ist es eigentlich so dunkel hier drin, und wie spät ist es eigentlich?«, fragte er, und nahm ein Bissen von den Rühreiern. Ich kam ins Stottern und rutschte nervös auf dem Sofa hin und her. Was sollte ich ihn darauf antworten? Ich musste eine Ausrede erfinden, um mein wahres Wesen nicht preiszugeben.

»Ich vertrag die Sonne nicht so, und bin etwas lichtempfindlich.«, erklärte ich ihm. Ich lachte in mich hinein, denn das war nicht mal wirklich gelogen. Wir unterhielten uns eine Weile und ich fand mehr und mehr gefallen an meinem Gegenüber, dem fremden Verletzten.

4. Kapitel

ADAM

Mein Handy klingelte, der Name Silver blinkte auf. Mein Rudel vergaß ich schon fast. Sie mussten mich schon vermissen, ich war die ganze Nacht weg. Aber Lilly zog mich in ihren Bann.

»Ja was gibts?«, fragte ich.

»Boss wo bist du?«, erwiderte Silver.

»Es gab einen Zwischenfall. Ich erzähl euch später alles. Hol mich einfach in einer Stunde ab. Ich sag dir noch wo«, ich legte auf und wandte mich wieder Lilly zu.

»Kannst du mich zur nächsten Haltestelle bringen, ich werde da später abgeholt«, fragte ich.

Ich wollte viel lieber bleiben, aber die Pflicht rief.

»Na klar kein Problem«, meinte sie und schaute dabei nervös auf die Uhr. Sie wusste, dass die Sonne bald untergehen wird, und es dann wirklich kein Problem für sie wäre. Lilly hatte keine Ahnung, dass ich wusste, was sie war. Ich zog mich im Badezimmer an und machte mich frisch.

Sie gab mir noch ein paar Schmerztabletten mit und fuhr mich zur Haltestelle.

So fürsorglich.

Ich bedankte mich bei ihr und versprach mich bei ihr eines Tages zu revanchieren. Sie wartet nicht lange und fuhr wieder los. Ich wartete in der Zeit auf Silver, und überlegte mir, was genau ich erzählen sollte. Silver fuhr ein paar Minuten später mit meinem Pick Up vor.

»Boss steig ein«, winkte er mir zu.

»Da bist du ja endlich«, sagte ich und wies ihm an, los zufahren. Verwundert über meine Stimmung sah Silver mich an.

»Wo warst du Adam, wir haben uns Sorgen gemacht. Und was ist mit den anderen beiden passiert?«, fragte er neugierig nach. Betroffen sah ich auf den Boden. Mich schmerzte der Verlust unserer Leute sicher genauso s, wie den Rest ihrer Familien.

»Oh nein, sag jetzt nicht ...«, Silver sah mich vorwurfsvoll an. »Scheiße Mann, ich hab dich gewarnt, das sind einfach zu viele von denen«, sagte er. Er war mein ältester und bester Freund, doch ich würde ihn niemals meine Geheimnisse einfach so verraten. Silver hatte wie jeder eine gute und eine schlechte Seite. Seine schlechte war, dass er über Leichen ging für den Tod der Vampire. Da war es sicher schlecht, wenn er von Lilly so nebenbei erfahren würde.

»Fahr einfach«, knurrte ich ihn an. Silver startete den Motor und fuhr los. Dem Druck seines Rudelführers musste er nachgeben, er konnte sich nicht gegen seine Unterwürfigkeit wehren. Selbst wenn er, so gerne Widerworte gegeben hätte. Während der Fahrt schwieg ich.

Im Wald angekommen, versammelte sich das Rudel um mich rum und wartete auf eine Erklärung. Die Brüder von Nick und John sahen mich besorgt an.

»Wo sind unsere Brüder?«, riefen sie aus der Menge. Ich räusperte mich. Jetzt musste ich ihnen sagen, wie alles ablief, warum meine Cousins und ihre Brüder nicht wieder kommen würden. Jeder wusste, dass es dieses Risiko gab, dass sie erschossen werden konnten. Doch der Großteil überlebte immer. Und als Alphawolf hatte ich eine riesen Verantwortung, und ich war gerade erst 24 Stunden Alpha und schon jetzt verlor ich zwei meiner Männer. Der Druck war oft sehr groß.

»Wir haben die Lage unterschätzt, sie waren uns zahlenmäßig überlegen und bewaffnet mit Silberkugeln. Nick und John hat es leider erwischt«, sagte ich schuldbewusst. Randy, der Bruder von Nick, schlug die Hände vor das Gesicht.

»Scheiße. Dieser verdammte Fluch, wann endete der endlich?«, fluchte er.

»Glaub mir Randy, ich versuch mein Bestes, dass es bald zu Ende ist«, im gleichen Moment musste ich an Lilly denken. Damit der Fluch endete, mussten alle Vampire sterben, auch Lilly. Und das war mein Problem gerade.

Ein wildes Durcheinander fing an, alle redeten wütend miteinander. Niemand hatte mehr Lust auf diesen Fluch.

»Was gedenkst du zu tun?«, rief Louis aus der Menge. Er war immer noch sauer, dass er nicht selbst der Alphawolf wurde. Louis sah mich herausfordernd an, doch ich knurrte nur, um ihn zu zeigen, wer hier das Sagen hatte.

Halt die Klappe!!

Sofort spürte Louis, die Macht des Alphas in seinem Blut, welche ihm sagte, dass ich sich zu unterwerfen hatte.

Ich duldete niemanden, der sich aufspielen wollte. Ich war der Alpha nicht er, und ich musste mich durchsetzen.

»Ich werde jetzt erst mal schlafen gehen, ich wurde selbst auch verletzt und kann gerade so laufen. Und dann werde ich mir Gedanken machen, wie wir weiter vorgehen werden«, sagte ich und drehte mich um, um in meine Hütte zu gehen.

Ich ließ mich in mein Bett fallen und schlug die Hände verschränkt über meinen Kopf zusammen. Ich stöhnte erschöpft und schloss die Augen. Mein Bein schmerzte noch immer sehr. In meiner Hosentasche fand ich die Schmerztabletten von Lilly. Damit ich schlafen konnte, nahm ich eine und schluckte sie ganz ohne Wasser runter, doch der Nachgeschmack brachte mich, dazu wieder aufzustehen, um mir ein Glas Wasser zu holen. Meine Gedanken kreisten um das Rudel, die Vampire und Lilly. Ich durfte nicht zulassen, dass ich Gefühle für einen Vampir entwickelte, und dennoch keimte da etwas in mir auf. Die Fürsorge von Lilly beeindruckte mich, und ich musste mehr über sie herausfinden. Vielleicht gab es ja etwas, das mich abschrecken würde und meine Gefühle im Keim ersticken würde.

Ich musste einen Plan machen, aber erst mal brauchte ich dringend Schlaf um den Kopf frei zubekommen.

Am nächsten Morgen war ich klarer im Kopf, und hatte Zettel und Stift vor mir auf dem Küchentisch liegen. Ich wollte meine Gedanken ordnen. Die ganze Verantwortung lag auf meinen Schultern. Mein erster Punkt war Lilly. Ich nahm den Stift und schrieb auf:

- Lilly beobachten.

- Jagdverbot auf Lilly

- Versammlung aller Rudelanführer

- Lösung für das Silberkugelproblem finden.

Ich hatte einiges vor und brauchte jetzt für die ersten Punkte die Hilfe von Silver. Ich rief ihn an, damit er rüber kam, ich wollte nicht, dass das gesamte Rudel davon erfuhr.

Silver klopfte ein paar Minuten später an meine Tür.

»Komm rein, es ist offen«, rief ich ihm zu.

»Was ist denn so wichtig, dass du es nicht vor allen anderen besprechen willst?«, fragte er. Silver war mein bester Freund und ich vertraute ihm. Nur ihm traute ich meinem Auftrag zu.

»Ich hab gestern etwas verschwiegen. Nämlich die Tatsache, dass ich von jemanden gerettet wurde. Ich wäre ohne sie nicht mehr am Leben«, erklärte ich.

»Oh es war also eine sie. Wer ist sie denn?« Silver grinste mich neugierig an. Die Antwort würde ihm nicht gefallen, das war mir klar.

»Sie heißt Lilly. Und ...«, ich wartete kurz und war dann doch der Meinung, dass Silver es lieber nicht wissen sollte. Er hasste Vampire noch mehr als ich selbst. »Sie ist Krankenschwester«, fügte ich schließlich hinzu.

»Cool, sie hat dich also verarztet«, meinte Silver lächelnd. Ich überlegte, wie ich ihm klar machen sollte, was nun sein Auftrag sein sollte. Ich kratzte mich am Kopf und sah verlegen auf den Boden.

»Ah verstehe. Der Boss ist verliebt. Schon klar. Ich sags keinem. Versprochen. Aber was genau willst du jetzt von mir?«

Auf Silvers Gesicht zeichnete sich Verwunderung ab.

»Naja, ich möchte, dass du sie beobachtest. Sie ist hauptsächlich nachts unterwegs, und könnte den Eindruck erwecken, sie wäre ein Vampir. Hinter ihr sind ein paar merkwürdige Typen her, und ich will nicht, dass ihr was passiert.«, erklärte ich. Im Nachhinein dachte ich, dass ich gerade völligen Unsinn erzählt hatte, weil ich wusste, dass Silver riechen würde, dass sie ein Vampir war, sobald er ihr zu nahe käme.

»Ich soll babysitten? Dein Ernst?«,fragt Silver ungläubig.

»Ja und du musst unbedingt so weit wie möglich Abstand halten, damit sie dich nicht sieht«, erklärte ich und hoffte so, dass die Gefahr der Enttarnung gebannt wäre.

»Sie scheint dir wichtig zu mein, oder?«, Silver sah mich lächelnd an, er hatte mich noch nie verliebt erlebt.

»Also gut, gib mir ihre Adresse, und ich such mir einen Platz in der Nähe. Weit genug, um nicht entdeckt zu werden und trotzdem eine gute Sicht zu haben«, erklärte sich Silver einverstanden. Ich schrieb ihm die Adresse auf und gab ihn außerdem noch die Anweisung, dass sie auf keinen Fall in ihrer Nähe jagen sollten. Silver dachte sich schon, dass ich nicht wollte, dass Lilly mitbekam wer ich oder was sie waren, und gab die Anweisung ohne groß nachzufragen, weiter an seine Cousins und Brüder.

»Gut damit hätte ich zwei Punkte abgearbeitet. Jetzt zum eigentlichen Problem«, sagte ich zu mir selbst. Ich nahm mein Handy und telefonierte ein paar Leute ab. Irgendwie musste das Problem mit den Silberkugeln aus dem Weg geschafft werden. Nach etlichen Anrufen bekam, ich endlich einen Rückruf, der meine Laune besserte. Ich wollte das schaffen, woran meine Vorgänger nie gedacht hatten und es nie geschafft haben. Ich nahm den Anruf an und war guter Dinge.

Der Anrufer klang zuversichtlich.

»Ich hab sie gefunden. Und sie ist bereit mit dir zureden, Boss«, sagte Vincent am anderen Ende des Telefons.

»Das will ich auch hoffen, schließlich haben wir ihrer Familie diesen Fluch zu verdanken«, sagte ich mit ernstem Tonfall. Ich machte ein Treffen mit dieser Person aus, um alles zu klären. Ein bisschen nervös war ich schon, denn es war nur mein Plan A, Plan B war auch noch nicht fertig. Ich musste erst dafür sorgen, dass wir Vampire, ohne getötete zu werden, jagen konnten. Ich brauchte jeden Mann oder jeden Wolf, den ich hatte. Einen Plan C hatte ich auch notfalls schon, doch der war genau wie Plan B, noch nicht ausgreift.

Ich aß Frühstück, nach dem Silver weg war, und machte sich dann auf den Weg zu dem Treffen. Es war keine Zeit zu verlieren. In New Jersey wartete mein Kontaktmann, an der Adresse auf mich.

»Hallo Boss, da bist du ja endlich«, er begrüßte mich mit einem Handschlag und deutete nach oben zu Haustür. »Sie ist drinnen. Meinst du wirklich, sie kann uns helfen?«, fragte er auf den Weg nach oben.

»Ich hoffe es«, erwiderte ich. Ein Druck auf die Klingel und eine Melodie erklang aus dem Inneren der Wohnung. Ich sah Vincent belustigt an. Dass es wirklich noch Menschen gab, die solche Klingeln mögen.

»Niedlich«, meinte ich. Die Tür öffnete sich und eine Frau mit dunklen Haaren und grünen Augen, in einem langen schwarzen Kleid stand vor uns. Das war sie also, die

Frau, die uns helfen sollte, sicherer zu jagen.

»Stehen sie nicht so rum, kommen sie rein«, forderte ihre raue Stimme uns auf. »Was genau wollen sie denn eigentlich von mir?«, fragte sie.

»Entschuldige ihre unhöfliche Art Boss. Das ist Cassandra. Eine direkte Nachfahrin der Hexe, die uns verflucht hat«, stellte Vincent die Frau vor.

»Zu euren Diensten. Ach Moment, eigentlich seid ihr ja meine Untertanen«, sie lachte laut, als sie das sagte.

Ich sah sie ernst an, und beobachtete, wie sie sich einen Whiskey eingoss in ein Glas. Sie wirkte nicht wie eine Hexe, eher wie eine Alkoholikerin.

»Nichts geht über einem guten alten Whiskey«,sagte Cassandra und roch an ihrem Glas. »So weshalb wolltet ihr mit mir sprechen?«, fragte sie und nahm einen Schluck. Ich sah mir ihre Wohnung genau an. Dunkelblaue Vorhänge mit goldenen Ornamenten drauf genäht hingen vor dem Fenster. Schränke voller altaussehender Bücher und eine Glaskugel auf den Wohnzimmertisch, daneben lagen Tarotkarten. Ich hielt das für einen schlechten Witz. Sowas Klischeehaftes hatte ich schon lange nicht mehr gesehen.

»Ich glaub, wir sind hier falsch. Mit einer Möchte-gern-Hellseherin, können wir nichts anfangen«, brummte ich und wollte wieder gehen. Da stand Cassandra mit einem düsteren Blick vor mir und hielt mich am Arm fest.

»Warte Adam. Ich weiß, was ihr wollt. Ihr seid richtig. Glaub mir. Und es wundert mich, dass ihr nicht schon vor langer Zeit hier wart.«, sagte sie. Ihre Hand fühlte sich heiß an, als würde sie glühen.

Vor meinen Augen sah ich die Hexe, die meine Familie verflucht hatte, und wie sich meine Vorfahren verwandelten.

Cassandra ließ mich los.

»Was war das?«, fragte ich mit aufgerissenen Augen.

»Was war was?«, Vincent sah mich verwundert an, er hatte diese Vision nicht gesehen.

»Das mein Lieber, war euer Problem und weswegen ihr hier seid.«, antwortete Cassandra.

»Ja wir brauchen ihre Hilfe. Die Vampire sind gefährlicher geworden, und können uns nun leichter töten. Wir haben zu viele

Opfer. Wir sind nicht immun gegen Silberkugeln und so können wir sie nicht aufhalten.«, sagte ich fast schon sauer. Cassandra sah mich interessiert an.

»Stimmt. Dieser Fluch meiner Vorfahrin. Priscilla hatte wohl mögliche Probleme nicht bedacht. Aber sie dachte ja auch die Vampire werden schneller ausgelöscht und würden sich nicht so schnell vermehren. Aber für Probleme gibt es ja oft mehrere Lösungen.« Nachdenklich sah sie zu ihren Büchern im Regal und holte eine Aufzeichnung daraus hervor. »Ich kann den Fluch leider nicht aufheben, aber vielleicht verschärfen, in dem Sinne, dass ihr besser geschützt seid.«, sie sah mich verheißungsvoll an.

»Ich habe noch eine Warnung für dich Alpha, und einen Hinweis für die Lösung.«, sie berührte mich wieder am Arm und mich überkam wieder eine Vision. Diesmal keine aus der Vergangenheit. Eher eine aus der Zukunft. Es war noch nicht passiert.

Silver stand mir mit ein paar Leuten aus dem Rudel gegenüber und bedrohte mich mit einer Pistole. Er wollte mich töten. Wie konnte das sein? Er musste sich mir doch unterwerfen? Es gab nur eine Möglichkeit, er wurde selbst Alpha.

Zur Erfüllung dieser Vision durfte es nicht kommen. Sie ließ mich wieder los und redete von ihren Zauber, der uns helfen sollte.

»Ich benötige einige Zutaten für diesen Zauber«, erklärte sie und lag das Buch auf ihren Tisch neben der Glaskugel.

»Was brauchen sie?«, fragte ich zuversichtlich. Ich würde alles besorgen, was sie brauchte.

»Dein Blut Adam und eine silberne Kugel, die einen Werwolf getroffen hat. Es muss alles eine direkte Verbindung mit euch haben. So wie dein Blut, die Gene von deinem Vorfahren, und die Kugel die euch zum Verhängnis wird. Damit erneuere ich den Fluch so, dass ihr immun gegen die Wirkung der Kugeln und allgemein gegen Silberwaffen werdet.«, erklärte sie uns.

»Ok das mit dem Blut ist ja nicht das Problem, aber wie bekommen wir so eine Kugel?«, fragte Vincent. Ich griff mir an mein noch immer schmerzendes Bein.

»Ich weiß woher. Jedenfalls hoffe ich das. Wir müssen an den Platz zurück, wo wir angegriffen worden sind. Mich hat eine dieser Kugeln gestreift.«, erklärte ich.

»Das klingt nach einem Plan, bring sie mir und ich kann anfangen.«, meinte Cassandra. Vincent und ich fuhren sofort los, um die Kugel zu finden. Unterwegs ging mir die Vision durch den Kopf, ich konnte Silver nicht trauen, und hab ihn auf Lilly angesetzt. Was hab ich nur getan?

Es war Tag und damit hatten wir Glück, keine Vampire, und wir konnten mehr sehen. Trotzdem war es vor dem Club nicht leicht etwas zu finden, vor allem nicht so was Kleines wie eine Kugel. Wir konnten nicht sofort etwas finden, aber Vincent hatte eine Idee.

»Ich hab einen Metalldetektor im Auto, ich hol ihn mal.«, sagte Vincent.

»Warum hast du das nicht eher gesagt?«

Ich lief zum Auto und wartete, bis er wieder kam. Ganz in der Nähe war Silver und beobachtete das Haus von Lilly. In jeder Sekunde hoffte ich, dass Silver nicht anrief, und sagte, dass er raus bekommen hatte, dass Lilly ein Vampir war. Die Erklärung wollte ich mir ersparen. Wenn die

Vision recht hatte, war Silver, mein Untergang.

Vincent kam mit dem Metalldetektor zurück und legte sofort los mit der Suche nach der Silberkugel. Einige Minuten lang, suchten wir die Gasse ab, die Leichen unserer Freunde wurden längst von der örtlichen Polizei in Seattle abgeholt. Auch die Chance, die Kugel zu finden, war damit gering. Doch wir mussten sie nutzen.

Es piepte endlich. Vor meinen Füßen lag die Silberkugel, leicht blutverschmiert unter einer Einkaufstüte versteckt. Ich hob sie auf und sah sie an.

»Unsere Rettung. Los lass uns zu Cassandra, wir haben keine Zeit zu verlieren.«, stieß ich Vincent an.

Eine Stunde später kamen wir bei Cassandra an.

»Habt ihr die Kugel? Dann kommt hier rüber.«, wies sie uns an.

»Und es wird wirklich funktionieren?«, fragte ich skeptisch nach. Cassandra nahm mir die Kugel ab und legte sie in ein Gefäß aus Ton.

»Das wird es. Gib mir dein Finger, ich brauch dein Blut.«, meinte sie und stach mir mit einer Nadel in den Finger. Kurz darauf tropfte mein Blut auf die Kugel und warf Blasen. »Böser Fluch, nun gut. Fangen wir an.«, sagte Cassandra und las aus ihrem Zauberbuch vor. Minutenlang war sie in einer Trance und sprach ihre magische Formel aus. Dann gab es einen dumpfen Knall und sie erwachte wieder.

»Das war's. Es sollte funktionieren.«, meinte sie und sah uns beide zuversichtlich an. Sie wollte es testen und stach noch mal in meinem Finger. Das Blut tropfte wieder auf die Kugel und diesmal passierte nichts. »Ha! Es klappt. Silber kann euch nichts mehr anhaben. Verwandelt als Werwolf seid ihr nun unverwundbar.«, sie strahlte uns zufrieden an, dass ihr Zauber funktioniert hatte.

»Ich fühle mich etwas gestärkt.«, meinte ich und sah meinen Kumpel an. »Wie ist es mit dir Vinc?«, fragte ich.

»Geht mir genauso.«, erwiderte dieser.

»Das liegt daran, dass ihr zwar wie vorher verflucht seid, aber unverwundbar seid. Jedoch nur in eurer Wolfsgestalt. Als Mensch seid ihr immer noch verwundbar, vergesst das nicht.« Sie ging sich einen Whiskey einschenken.

»Wollt ihr auch einen?«, fragte sie lächelnd.

»Nein Danke, wir müssen los. Die Plicht ruft.«, sagte ich. »Vielen Dank«. Wir rannten zu Tür hinaus ins Auto rein und fuhren wieder zu unserem Versteck im Wald.

5. Kapitel

Im Lager setzten wir alle davon in Kenntnis, dass sie nun nicht länger Angst haben müssten vor den todbringenden Kugeln. Ein großes Freudenfest wurde veranstaltet, alle waren froh darüber, dass sie nun die Oberhand im Kampf gegen die Vampire hatten.

Ich saß nachdenklich auf einem gefällten Baumstamm und dachte an Lilly. Als wäre es Gedankenübertragung gewesen, rief plötzlich Silver an, er wusste von meinem Glück mit der Immunität gegen die Silberkugeln noch nichts.

»Alter, hast du mir irgendwas zusagen?« Silver klang sauer. Ich versuchte, unschuldig zu klingen.

Er ahnte was.

»Nur das ich das Problem mit dem Silberkugeln gelöst habe.«, antwortet Ich.

»Ich bin deiner Lilly gefolgt und hab sie beobachtet. Sie hat definitiv Kontakt zu Vampiren. Sag mir jetzt bitte nicht, dass sie auch einer ist.«‚brüllte Silver. Mist, er hatte es gecheckt. Ich blieb stumm am Telefon.

Doch das verriet mich in Silvers Augen erst recht.

»Das ist jetzt nicht dein Ernst? Du hast dich in einen Vampir verliebt?«, fragte er eindringlich.

»Ich erkläre es dir später. Wir treffen uns gleich vor ihrem Haus. Warte da.«, befahl ich Silver. Silver war einverstanden und wartete. Ich musste meinem besten Freund die Wahrheit sagen. Meinen besten Freund der laut einer Vision, mir zum Verhängnis wird. Ich musste später unbedingt noch mal nach New Jersey und mit Cassandra sprechen.

Ich ging in meine Hütte, holte seine Jacke und mein Autoschlüssel und fuhr los. Alle anderen waren so in Feierlaune, dass sie gar nicht bemerkten, dass ich weg war.

Am Haus von Lilly wartete Silver bereits auf mich. Nervös lief er mit einer Zigarette rauchend in der Hand auf und ab. Von Weitem sah ich schon, dass Silver sauer war.

»Wenn du weiter so hin und her läufst, ist hier bald ein Graben«, meinte ich grinsend.

»Du hast mich auf einen Vampir aufpassen lassen? Dein Ernst? Was ist eigentlich mit dir los?«, stellte Silver mich zur Rede. Er wurde immer lauter und ich musste ihm bremsen.

»Sei bitte etwas leiser, hier wohnen auch noch Menschen.«, ich sah Silver ernst an.

»Du kannst froh sein, dass ich sie nicht einfach getötet habe, als ich gemerkt habe. Ich hätte es so einfach gehabt.«, drohte er.

»Ja sie ist ein Vampir. Aber ich wollte einfach mehr über sie wissen, sie hat mich gerettet. Lilly ist anders als die Vampire, die wir kennen.«, erklärte ich.

»Und wage es ja nicht sie anzurühren.«, knurrte ich drohend.

Silver sah in meinen Augen, dass es ich ernst meinte und er wollte sich nicht gegen seinen besten Freund und Alpha stellen.

»Also gut. Aber du weißt schon, dass wir alle Vampire töten müssen?«, fragte Silver. Betroffen sah ich zu Boden.

»Oh nein. Sag mir nicht, du hast bereits Gefühle für sie entwickelt?« Er sah mir tief in die Augen, um die Wahrheit zu finden.

Lüg Adam, lüg. Du kannst ihm nicht vertrauen.

»Nein keine Angst, ich will nur sehen, ob sie nicht doch etwas Böses an sich hat.«, meinte ich und ertappte mich selbst bei meiner Lüge. »Du kannst jetzt auch gehen, und sag den anderen, dass diese Gegend hier vorerst tabu ist. Der Rest geht sie nichts an.«, meinte ich.

»Ok du bist der Boss, ich hoffe, du weißt, was du tust!«, sagte Silver und verschwand im Nebel der Straßen.

Nein ich hatte keine Ahnung, was ich tat.

Ich nahm einen Platz in der Nähe von Lillys Haus ein und beobachtete, wie sie die Vorhänge zuzog. Lilly war also zuhause. Eine Weile stand ich einfach so vor ihrem Haus, bis ein Auto vor ihrer Tür anhielt. Ein Typ mit Lederjacke stieg aus und klingelte an ihrer Tür. Lilly öffnete mit einem Lächeln die Tür und fiel dem gerade angekommenen Fremden, der von Weitem schon nach Vampir roch, um den Hals. Ich fand, dass er gar nicht zu Lilly passte. Langsam kroch Eifersucht in mir hoch. Ich wollte wissen, wer dieser Typ war, und fasste einen Plan. Einige Zeit später stand ich mit einem Blumenstrauß vor Lillys Tür. Ich gab vor, ich wäre ganz spontan in der Nähe gewesen, und wollte mich bei ihr für das Verarzten bedanken. Lilly sah überrascht aus, angesichts dessen, dass ihr Besuch noch bei ihr war.

74

»Schatz wer ist denn an der Tür?«, rief ihr Besuch aus dem Wohnzimmer. Er nannte sie Schatz. Es versetzte mir einen Stich in mein Herz, doch das sollte es nicht tun. Eigentlich sollte sie mir egal sein, doch auch das war nicht so.

»Ähm, ein Freund.«, sie lächelte mich peinlich berührt an. Ihr Besuch kam zu Tür, um nachzusehen.

Ein Freund, ja.

»Willst du uns nicht vorstellen?«, fragte er.

»Jason, das ist Adam. Adam das ist Jason.«, sagte sie und stellte sich neben Jason. »Mein Freund.«, fügte sie hinzu.

Ihr Freund. Aber klar, woher hatte sie auch sonst die Männersachen im Schrank.

Die Eifersucht brannte ein Loch in mein Herz, als ich diese Worte hörte. Trotzdem versuchte ich, mich zusammenzunehmen, denn ich durfte einfach keine Gefühle für Lilly entwickeln, doch ich wusste, es war zu spät dafür. Jason bat mich hinein und beäugte mich, wie ein Adler seine Beute. Genau genommen, wäre das mein Job gewesen, ihn so zu sehen. Mit Leichtigkeit könnte ich, wenn ich es wollte, beide töten. Ich setzte mich auf das Sofa gegenüber von Lilly und Jason und wartete ab. Lilly erzählte Jason, wie sie mich kennengelernt hatte. Jason sah mich misstrauisch an, mit einem Blick, der töten konnte. Jason war genauso eifersüchtig, wie ich. Das konnte ich spüren, und ahnte, dass er wusste, was ich war.

»So Adam, erzähl doch mal. Wo kommst du her?«, setzte Jason an. Das Spiel konnten zwei spielen, dachte ich mir, ich wusste, worauf es hinauslaufen würde. Als Lilly ihm von meinen Verletzungen erzählte, wurde Jason ein wenig nervös, als würde er mehr wissen. Mein Verdacht bestätigte sich langsam. Jason wusste, dass ich ein Werwolf war, und wahrscheinlich war er an dem Abend sogar in dem Club.

»Ich komm aus dem Norden. Meine Familie stammt, aber aus England. Und wo kommst du her Jason?«, erwiderte ich.

»Meine Familie lebt schon lange hier in Seattle. Aber sag mal, wo kommt denn die Verletzung genau her, muss ja wirklich weh getan haben?«, fragte Jason stichelnd hinterher. Lilly spürte unsere Rivalität und zog sich in die Küche zurück.

»Ich wurde von ein paar ziemlich fiesen Typen überfallen und angeschossen.«, sagte ich und bedachte Jason mit einem stechenden Blick.

Fiese Vampire. So einer wie du!

»Und wo genau war das?« Jason räusperte sich nervös. Von hinten rief Lilly die Antwort zu.

»Es war bei deiner Lieblingsbar. Schatz. Echt fies was da so los ist«, erklärte Lilly nicht ahnend, warum ich wirklich da war. Jason dagegen, ahnte bereits, wer sich hier vor ihn befand. Ich beschloss, das Gespräch in eine andere Richtung zu lenken. Ich war mir nun sicher, dass Jason in der Bar war, als ich angegriffen wurde und wenn alles gut gegangen wäre, würde es Jason gar nicht mehr geben und ich wäre jetzt nicht hier.

Ich hatte genug gehört von Jason und wollte mich nicht länger meiner Eifersucht hingeben. Ich sah auf meine Armbanduhr und entschied zu gehen.

»Es ist spät, ich werd euch nicht länger stören«, ich stand auf und wollte zu Tür gehen. Jason folgte mir und brachte mich zu Tür. Als Lilly nicht hinsah, sah Jason mich bedrohlich an.

»Ich weiß, wer du bist, und was du bist. Lass Lilly und mich in Ruhe. Ich weiß nicht, was du von ihr willst, aber ich warne dich.«, sagte er mit glühenden Augen.

»Meinst du ernsthaft, ich weiß nicht wer oder was ihr seid? Ich werde Lilly nichts tun, keine Angst. Aber du solltest besser auf dich acht geben. Wir sind überall. Und wenn ich irgendetwas raus bekommen sollte über dich, warst du die längste Zeit untot.«, drohte ich mit einem fiesen Grinsen im Gesicht und knurrte dabei. Mir von einem elenden Blutsauger was sagen lassen, das fehlte noch.

So ein Narr.

Lilly wurde misstrauisch und rief aus der Küche fragend, was denn los sei?

»Alles Ok. Wir haben uns nur verabschiedet«, meinte Jason und ließ die Tür vor meiner Nase ins Schloss fallen.

Diese Drohung bereitete mir Genugtuung. Ich stellte mich draußen wieder an meinem Posten auf und wartet auf Jason. Nach zwei Stunden kam er wieder raus, und ich ging ihm nach. Ich beobachtete ihn, wie er in eine Bar ging, um sich ein Opfer zu suchen, dachte ich, doch da lag ich falsch. Ich betrat die alte Bar des schottischen Besitzers und rümpfte die Nase als ich den stechenden Geruch von Whisky und Tabak vernahm. Etwas entfernt von Jason setzte ich mich an einen Tisch und sperrte meine Werwolflauscher auf. Jason traf sich mit einer aufreizenden Blondine, und berührte sie dort, wo er eigentlich Lilly berühren sollte. Er verschwand mit der Blondine in ein Hinterzimmer und kam erst nach zehn Minuten wieder raus. Und zwar alleine.

So ein mieses Arschloch, du hast Lilly gar nicht verdient.

Keine Spur von der Blondine. Jason wischte sich mit den Handrücken den Mund ab. Ich erkannte auch aus dieser Entfernung, dass es sich um Blut handelte. Er verführte die Blondine also, und saugte sie dann heimlich aus. Vampire waren scheinheiliger, als ich dachte. Ich hatte gehört, dass sie ihr Blut von dem Mörder meines Vaters bekommen würden, damit sie nicht Menschen aussaugen mussten, doch Jason hielt frisches Blut wohl für leckerer. Dafür würde er büßen. Dafür und dafür, dass er Lilly so schamlos betrog. Um sicher zugehen, wartete ich, bis Jason wieder ging, und sah im Hinterzimmer nach, ob ich mich nicht doch irrte, und die Blondine nur etwas länger brauchte. Doch als ich das Zimmer betrat, roch ich schon das Blut. Sie lag unten in einer Ecke, den Rock weit hochgeschoben, die Augen waren geschlossen, und ihre Lippen waren verschmiert vom Lippenstift. Ihre Bluse war zerrissen und zwei Eintrittswunden an der Halsschlagader verrieten mir, das ganze Ausmaß, was hier stattgefunden hatte. Sie war tot. Blutjung und so naiv, sich einem Vampir an den Hals zu werfen.

Ich konnte nichts mehr für sie tun, und doch dachte ich kurz darüber nach, die Polizei einzuschalten. Aber die könnten mit einem Vampir in einer Zelle nichts anfangen, eine Person die nicht alterte und immer aggressiver wird. Er würde eher in der Klapse versauern oder doch eher vertrocknen. Ich ging wieder aus dem Hinterzimmer und entschied mich zu meinem Rudel zurückzukehren. Aber vorher fuhr ich zu Cassandra. Sie erwartete mich anscheinend schon, denn sie stand lächelnd mit einem Glas in der Hand an ihrer offenen Tür.

»Da sind sie ja endlich. Kommen sie rein.«, sagte sie und öffnete ihre Tür weiter, damit ich rein gehen konnte.

»Ich muss sie was fragen, wegen der Vision.«, ich setzte mich auf ihr grünes Stoffsofa. »Treffen diese Visionen immer zu? Oder kann man sie ändern?«, fragte ich.

»Ändern? Kann man das Schicksal ändern? Ich kann nur so viel sagen, wenn sie es geschehen lassen, wird sich eure Zukunft für immer verändern. Wenn sie versuchen es, zu ändern, wird alles so bleiben. Aber das Schicksal findet seinen weg.«, sagte sie und ließ mich grübeln. *Warum mussten Hexen immer so in Rätseln reden?*

Mit nichts als noch mehr Gedanken in meinem Kopf fuhr ich wieder ins Camp.

Ich traf Silver am Lagerfeuer an. Stochernd im Feuer schien ich über etwas nachzudenken. Vielleicht über seinen Verrat? Die Funken des Feuers sprühten in die Luft. Es sorgte für eine mystische Atmosphäre. Seit den alten Zeiten der Werwölfe im Mittelalter versammelten sich die Rudel an einem Lagerfeuer um Mitternacht, aber in der Moderne kam so was nur noch selten vor.

Ich trat näher ans Feuer heran.

»Hey Silver, kann ich mit dir reden?«, fragte ich zögerlich und schob mit dem Fuß die Erde unter meinen Füßen hin und her.

»Worüber? Über deine Vampirfreundin?« Silver sah mich misstrauisch an.

»Ja. Na ja nicht direkt, eher über ihren Vampirfreund Jason. Er hält sich nicht an die Vampirgesetze, wenn es diese gibt«, erklärte ich. Trotz dieser Vision wollte ich den Schein wahren.

»Vampirgesetze? Ich glaube kaum, dass es so was gibt«, schnaubte Silver. »Das einzige Gesetz was die Blutsauger kennen, ist, trinke Blut, um zu überleben«, meinte er.

»Genau das ist der Punkt.«, sagte ich. »Bei Lilly hab ich noch nie gesehen, dass sie jemanden aussaugt, sie hat Blutkonserven im Kühlschrank. Dieser Jason dagegen, tötet Leute, um zu trinken«, erklärte ich weiter.

»Und das weißt du weil ...?«, fragte Silver.

»Weil ich es gesehen habe. Ich hab ihn verfolgt, als er in eine Bar gegangen ist, und Lilly betrogen hat. Er ist mit einer Blondine ins Hinterzimmer gegangen, aber nur er kam raus. Ich hab ein paar Minuten später nachgesehen, was mit ihr war. Sie lag tot und ausgesaugt auf den Boden«, erklärte ich, was ich beobachtet hatte. »Verstehst du, was ich meine? Wenn jemand getötet werden muss im Umkreis von Lilly, dann er«, meinte ich. Silver sah ihm neugierig an.

»Ich verstehe«, setzte er an.

Ich atmete durch, weil mein Freund mich verstand, dachte ich.

»Ich verstehe, dass du eifersüchtig bist auf diesen ... Wie heißt er noch? Jason?«, fügte er hinzu und sah mich ernst an. »Und du weißt, wie gerne ich Vampire töte. Aber drehst du jetzt völlig am Zeiger?«, Silver wurde wütend.»Beide sind verdammte Vampire, und beide müssen sterben, das weißt du genauso gut wie ich.«

Sein Gesicht wurde rot vor Zorn darüber, wie sich sein Alpha und bester Freund aufführte. Doch er wurde auf der Stelle von meiner Alphamacht niedergestreckt, als er sie in seinen Kopf spürte.

Wage es ja nicht, mir zu widersprechen. Du hast kein Recht dazu.

Ich wusste selbst, dass es verrückt war, aber ich konnte nichts gegen meine

Gefühle machen. So sehr ich mich dagegen zu wehren schien, sie wurden nur noch stärker.

»Hältst du mich für so naiv, Silver?« Jetzt war ich es, der wütend war. Wütend, weil mein Rudelmitglied, sich mir gegenüber respektlos verhielt. Ich knurrte Silver bedrohlich an. »Ich bin nicht zu dir gekommen, damit du mich zurechtweist. Ich bin hier, weil ich dein Rat als Freund brauche« mit dem Willen der Alphamacht zwang ich Silver in die Knie. »Hinterfrage nie wieder meine Absichten«, forderte ich. Silver war unfähig, sich gegen den Bann zu währen. Er musste sich mir unterwerfen, und doch spürte ich, dass er tatsächlich versuchte, sich dagegen zu wehren. Erfolglos.

Ich würde nie zugeben, dass ich im Zwiespalt mit meinen Gefühlen und meiner Pflicht stand, das wäre mein Todesurteil als Alpha gewesen.

»Doch bevor ich einen von ihnen töte, oder auch beide, will ich etwas Böses finden, damit ich kein schlechtes Gewissen habe, wenn ich Frauen töte. Und dieser Jason, ist keine Frau und tötet, um sich zu ernähren. Das Problem ist nicht Jason, sondern Lilly.«

Silver hütete sich davor, seine wahre Meinung dazu sagen, die nämlich würde dazu führen, dass er aus dem Rudel geworfen würde.

»Ich verstehe, doch früher hast du dich auch nicht darum gekümmert.«, meinte Silver vorsichtig. Ich beruhigte mich langsam.

»Ich bin es leid, auf den Fluch einer Hexe zuhören. Vampire zu töten, die vielleicht gar keinen Menschen schaden. Aber wer sagt denn, dass wir nicht einfach mal genauer hinschauen können, was diese Vampire für ein Leben haben?« Das entsprach sogar der Wahrheit. Seitdem ich Lilly kannte, waren mir die Vampire nicht mehr egal. »Dieser Fluch stammt aus dem Mittelalter, wir und auch die Vampire haben uns weiter entwickelt.« Ich wusste, dass mein Rudel und die ganze Familie gerne diesen Fluch loswerden wollten. Doch war wirklich dieser Fluch das Problem? Silver wurde nachdenklich, denn in seinem Inneren wusste er, dass ich recht hatte.

6. Kapitel

Erst einige Tage später ließ sich Silver wieder bei mir blicken. Ich war derweil damit beschäftigt meinem Rudel zu erklären, dass sie von nun an die Vampire erst beobachten sollten, es gab einige, die sich damit schwertaten, doch ich war ihr Alpha und sie mussten sich dem unterwerfen.

Silver tat etwas, dass ich nicht mehr von ihm erwartet hätte. Ich traf mich mit ihm in meiner Hütte.

»Hey, ich bin wieder da.«, sagte Silver. Ich sah ihn erwartungsvoll an und ließ ihm aussprechen.

»Ich hab nachgedacht und einfach mal diesen Jason die ganze Zeit nicht aus den Augen gelassen«, erklärte Silver. Erschrocken sah ich ihm an.

Du hast ihn doch nicht etwa ...?

Silver trat einen Schritt zurück, denn er wusste, was ich dachte. Und mit meiner Vermutung hatte ich recht.

»Wir sind diesen Jason los, der Weg für dich ist frei.«, erklärte Silver.

Silver dachte, dass ich zufrieden sein würde, aber im ersten Moment war ich sauer.

»Du hast ihn getötet?«, fragte ich geschockt.

»Ich dachte, das war es, was du von mir erwartest.«, Silver sah mich verwirrt an.

»War Lilly dabei? Ich meine hat sie was gesehen?«, fragte ich Haare raufend und verzweifelt.

»Nein hat sie nicht. Er war wieder mal auf Beutesuche«, sagte Silver. Ich beruhigte mich langsam. Ich wollte Silver gerade die Meinung sagen, als mein Handy klingelte.

»Ach ja und ich hab Lilly, deine Nummer in den Briefkasten gesteckt. Ich möchte euch nicht im Weg stehen. Du bist immer noch mein Freund.«, erklärte Silver mir, als er mein Blick auf das Handy sah. Eine unbekannte Nummer leuchtete auf dem Display auf. »Du warst ja zu schüchtern, ihr deine Nummer zugeben.«, Silver lachte.

Ich nahm den Anruf an.

»Hallo?«

»Hallo Adam, bist du das? Hier ist Lilly.«

Sie schluchzte am Telefon. Ich sah Silver fragend an. Dieser zuckte nur mit den Schultern und ließ sich auf das Sofa fallen.

»Ja was ist los? Du weinst ja.«, stellte ich fest. Es ging ihr schlecht und Silver war schuld. *Nein ich war schuld.*

»Es ist Jason. Seine Freunde haben mich gerade angerufen«, Lilly weinte bitterlich. Ich versuchte mitfühlend zureagieren.

»Was ist denn passiert?«, fragte ich nach.

»Er wurde überfallen.«, Lilly stotterte und schluchzte. »Er ist tot.«, sie weinte noch heftiger. »Ich wusste nicht, an wem ich mich wenden sollte, ich hab sonst niemanden hier.«, erklärte sie. Drohend sah ich Silver an.

»OK. Verstehe. Ich bin gleich bei dir.« Ich zögerte nicht lange und erklärte Lilly, sie sollte ruhig bleiben und auf mich warten. Silver sah mich grinsend an.

»Bedank dich später bei mir.«, meinte er und winkte mich zu Tür, dass ich verschwinden sollte.

Dieser Mistkerl machte nur Ärger und ich durfte es ausbaden.

Ich fuhr sofort los und überlegte, wie ich auf alles reagieren sollte, aber erstmal musste ich Lilly beruhigen. Eine halbe Stunde später kam ich mit flauen Magen bei Lilly an. Es war alles andere als toll, sie in dieser Situation zu sehen.

Lilly öffnete die Tür. Es war abends kurz nach Sonnenuntergang. Sie sah verheult aus. Ich war mir nie im Klaren darüber, dass auch Vampire Gefühle, wie Trauer empfinden konnten. Für mich waren es blutrünstige Monster, die kein Mitleid empfinden konnten. So wurde es mir beigebracht. Doch Lilly war so menschlich, dass ich schon vergaß, was sie war.

»Komm rein.«, sagte sie und schnäuzte in ein Taschentuch. Ich schluckte und ging rein, um mich auf ihr Sofa zusetzen. Ich wusste, dass sie ein Vampir war, aber sie wusste nichts von meinem feindlichen Dasein als Werwolf, das verkomplizierte die Sache etwas. Neben ihrer Trauer um Jason spürte ich auch eine Nervosität. Sie versuchte, um Fassung zu ringen.

»Also erzähl mir, was ist passiert?«, brach ich das Schweigen. Ich war gespannt darauf, wie sie die Tatsache, dass sie Vampire waren, verschleiern wollte. Sie setzte sich in den Sessel neben mich und faltete ihre Hände, wie zu einem Gebet zusammen.

»Sein Freund und er waren unterwegs, als sie plötzlich von einem Unbekannten überfallen worden. Es ging so schnell. Nur sein Freund konnte fliehen«, erklärte sie und wischte sich die laufenden Tränen mit dem Taschentuch aus ihrem Gesicht. Sie sah selbst so verheult noch bildschön aus. Ich nahm sie in den Arm und redete beruhigend auf sie ein.

Von wegen Unbekannter. Silver dieser Trottel.

»Das tut mir so leid«, flüsterte ich und streichelte über ihrem Rücken. Ich atmete ihren zarten Duft nach Lavendel ein und genoss ihre Nähe. Ich hatte trotz allem nicht vor, Silver dafür zu danken, auch wollte ich Lillys Situation nicht ausnutzen. Aber ich wollte für sie da sein, und hoffte damit, ihr näher kommen zu können.

Bei meinen Berührungen bekam Lilly eine Gänsehaut. Kleine elektrische Schauer blitzten über ihren Rücken, als ich sie berührte. Für einen Moment vergaß sie ihre Trauer und sah mir in die Augen. Mich überkam eine tiefe Traurigkeit, als ich in ihre Augen sah. Eine Träne lief ihr über die Wange. Ich wischte sie mit dem Daumen vorsichtig ab und Lilly hielt reflexartig die Luft an. Eine prickelnde Spannung lag in der Luft und unsere Gesichter kamen sich näher. Unser Atem traf sich nur ein paar Millimeter zwischen uns. Kurz bevor sich mein Wunsch nach einen Kuss erfüllen konnte, drehte sich Lilly seufzend weg.

»Wir sollten das nicht tun.«, sie stand auf und ging zum Tresen in die Küche.

»Du hast recht. Du bist verletzt und in Trauer. Es tut mir leid.« Alles in mir schrie nach mehr und, dass ich sie wollte mehr als alles andere auf der Welt. Es fühlte sich so richtig an, bei Lilly zu sein. Auch Lilly spürte diese Anziehung zwischen uns.

Ich zog trotzdem den Rückzug vor, ich wollte mich ihr nicht aufdrängen.

»Vielleicht sollte ich erst mal gehen, aber wenn du mich brauchst, kannst du mich jederzeit anrufen«, ich warf ihr einen bedeutungsvollen Blick zu und stand auf um zugehen.

Lilly wusste, dass ich recht hatte, aber in ihr war noch etwas anderes, das ihr sagte, ich sollte bleiben. Keiner von uns wusste, warum gerade wir uns angezogen zueinander fühlten.

Ich wurde von ihrer hilflosen Art angezogen, ich spürte einfach, dass ich sie beschützen musste, andersrum fühlte auch Lilly sich einfach sicher in meiner Nähe.

»Wenn du vielleicht ...«,fing sie an.

»Ja?« Ich sah sie erwartungsvoll und lächelnd an.

»Na ja, ich dachte, wenn du vielleicht doch hierbleiben könntest. Ich will nicht alleine mein.«

Ohne nachzudenken, antwortete ich auf ihre Bitte.

»Natürlich, wenn du das möchtest«.

Sie wollte, dass ich bei ihr bleibe, wie konnte ich da »Nein« sagen.

Danke Gott.

»Ich mach dir das Sofa zurecht.« Nachdem wir uns beinahe geküsst hatten, war eine angespannte Stimmung in der Luft. Immer wieder trafen sich unsere Blicke und wir lächelten uns an.

Mein Handy vibrierte in meiner Jackentasche. Ich holte es heraus, um nachzusehen, wer es war. Silver, war ja klar. Er wollte sicher wissen, wo sein Alpha war. Seit Stunden hatte er nichts von mir gehört. Ich drückte den Anruf weg, und schrieb ihn stattdessen eine Nachricht.

»Bitte stör mich heute nicht mehr. Übernachte bei Lilly. Danke. Melde mich morgen früh.«

Ich schickte die Nachricht ab und schaltete das Handy aus. Damit musste sich Silver zufriedengeben heute, denn ich würde ihm sicher nicht die Genugtuung geben und mit ihm reden. Er hatte genug angerichtet, allerdings zu meinem Vorteil. Widersprechen durfte er sowieso nicht, ich war sein Alpha.

Lilly kam aus der Küche zurück, nach dem sie sich ein Glas Blut genehmigt hatte, ohne das ich was mitbekam, aber ich konnte das Blut riechen. Es war nicht gerade leicht, vor mir ihre wahre Identität zu verbergen. Für mich ebenso nicht, wenn sie bei Sonnenaufgang schlafen ging, wollte ich verschwinden.

Ich hinterließ ihr einen Zettel mit einer Nachricht, dass ich leider gehen musste und mich bei ihr melden würde. Von meinem Verschwinden bemerkte sie nichts. Ich kehrte zu meinem Rudel zurück, welches mich aufgebracht erwartete. Während meiner Abwesenheit wurden sie von Vampiren angegriffen. Es gab einige Verletzte, aber noch mehr tote Vampire. Das war der Grund, warum mich Silver anrief.

»Da bist du ja endlich. Hier herrscht das Chaos und du vergnügst dich einfach«, kam mir Silver wütend entgegen.

»Was ist hier passiert?«, ich sah runter auf den Boden, wo neben Blut auch eine Menge Asche lag.

»Wir wurden überrascht. Sie kamen aus dem Nichts.«, erklärte Silver.

Ich sah ihm grimmig an.

»Wie konntet ihr überrascht werden? Was war mit der Überwachung?«, meinte ich. Normalerweise gab es ein Wolf in jeder Ecke des Camps, um alles zu überwachen, aber in dieser Nacht, waren die Wachen abgelenkt. Irgendwie haben die Vampire Wind davon bekommen, wo wir uns befanden. Ich sah ihn misstrauisch an.

Ich weiß, dass es du uns verraten hast, und das werde auch noch beweisen.

Diesen Angriff wollte ich nicht auf mir sitzen lassen. Wäre ich da gewesen, statt bei Lilly, hätten sie keine Chance gehabt. Mit der Kraft eines Alphas konnte kein Vampir Schritt halten. Ich plante mit dem

Rudel eine Jagd in der kommenden Nacht. Ich hatte mein Rudel für eine Frau vernachlässigt, das konnte und durfte nicht sein. Als ich mitten in der Nacht als Wolf durch die Straßen lief, witterte ich in einer Gasse drei Vampire, die es auf ein Pärchen abgesehen hatten. Sie umkreisten die beiden und macht sich über sie lustig, nicht ahnend, dass ihr Tod bereits in wenigen Minuten eintreten würde. Von hinten schlich ich mich langsam mit glühenden Augen an sie ran. Nur ein leises Knurren war zu vernehmen. Das Pärchen sah angsterfüllt in meine Richtung. Bevor sich die Vampire umdrehen konnten, griff ich einen nach dem anderen an und riss sie zu Boden. Das Pärchen lief davon und ich blieb alleine zurück. Gerade als ich mich zurückverwandelte, fing es an, zu regnen, und eine entsetzte Lilly stand hinter mir. Ich roch ihren Vampir- und Lavendelgeruch. Geschockt starrte sie mich an. Ich stand nicht nur nackt vor ihr, sondern auch mit leuchtend gelben Augen und bemerkte erst jetzt, dass Lilly mich sah.

Scheiße.

Nicht hier und nicht jetzt.

Bitte.

Meine wahre Identität konnte ich nun nicht mehr verbergen. Auf Lillys ersten Schock folgte Wut. Wut darüber, dass ich ein Werwolf war, Wut darüber, dass es noch eine ganz andere Wahrheit über mich geben konnte.

»Was? Du bist ein Werwolf?«, Lilly klang geschockt und verzweifelt.

Überrascht von Lillys Anblick wusste ich nicht, wie ich reagieren sollte. Lilly lief in Vampirgeschwindigkeit davon und Ich versucht hinterherzukommen.

»Lilly, bleib hier. Ich werd es dir erklären.«, rief ich ihr hinterher.

»Verdammte Werwölfe haben meinen Freund getötet. Und du bist einer von ihnen.«, schrie sie fliehend und wütend. Sie wusste ja nicht, dass ich nicht nur einer von ihnen war, sondern auch der Anführer. Aber diese Information würde es womöglich verschlimmern.

»Warte doch. Ich sag ja auch nichts, nur weil du ein Vampir bist«, das sagte ich etwas unüberlegt. Lilly blieb abrupt stehen und drehte sich zu mir. Tränen liefen ihr über die Wangen. Mit glasigen Blick und Zorn in ihre Augen sah sie mich an.

»Was hast du gesagt? Woher weißt du das?«, fragte sie mit bohrenden Blick.

Ich schluckte. Sie wusste so wenig über die Unterwelt.

»Ich weiß es seit unserem ersten Treffen in der Gasse.« Ich sah sie mit einem schuldigen Blick an. Die Tatsache, dass ich sie angelogen hatte, gefiel keinen von uns. »Und weißt du was? Mir ist es egal, dass du einer bist.« ‚meinte ich.

Die Tränen liefen immer noch über ihr Gesicht und sie stellte sich eine wichtige Frage, die sie nun auch mir stellte.

»Warst du es?«, sagte sie mit zitternder Stimme.

»War ich was?«, ich sah sie fragend an und trat näher an sie ran. Lilly wich ängstlich zurück.

»Hast du Jason getötet? Hast du ihn getötet um an mich ran mich zukommen? Hast du? Sagt schon!«, ihre Augen funkelten vor Wut und Enttäuschung orange und ihre Fangzähne stachen raus.

Entsetzt sah ich sie an. Dass sie von mir sowas dachte, verletzte mich. Schließlich war es Silver, der Jason getötet hatte.

7. Kapitel

»Es war nicht Adam«, ertönte eine nur allzu bekannte Stimme hinter mir. Silver stand klitschnass, mit seinen langen weißen Haaren im Regen und beobachtete die Szene mit uns. Er trat näher. Was hatte er nun wieder vor? Würde er jetzt zu seinem Fehler stehen?

»Jetzt kennst du unser Geheimnis Lilly«, sagte Silver mit neugierigen Unterton. Er musterte Lilly, und war gespannt, was jetzt passieren würde. Lilly sah Silver genau an.

»Du ... ich kenn dich. Du bist hier wochenlang herumgeschlichen.«, sagte sie schließlich. »Bleib fern von mir«, Lilly fauchte ihn an. Ich sah schuldbewusst zu Boden.

»Das ist Silver, mein bester Freund«, nickte ich ihm zu. »Er sollte in deiner Nähe bleiben, um auf dich aufzupassen.«, versuchte ich die Wogen zu glätten.

»Richtig. Die Werwölfe die deinen Freund getötet haben, waren nicht aus unserem Rudel, es waren Wilde. Wir haben sie schon länger im Auge.« Silver sah mich vielsagend an. Mit einem Blick gab er mir zu verstehen, dass ich mitspielen sollte. Also doch kein Schuldeingeständnis. Ich sollte schon wieder lügen, diesmal um Silver selbst zu schützen.

Lilly beruhigte sich etwas, war aber noch immer skeptisch. Zurecht.

»Wieso sollte ich euch glauben?«, meinte sie mit einem wütenden Blick zu mir. Ihr Blick bohrte sich in mein Herz, ich hatte sie verletzt und enttäuscht.

»Weil ich jetzt etwas tue, dass ich eigentlich nicht darf. Ich rette dein Leben. Du solltest schnellsten von der Straße weg. Denn unser Rudel ist auf der Jagd nach Vampiren. Wir wurden angegriffen von deiner Rasse. Also geh schnell nachhause.«, erklärte ich ihr mit knurrender Stimme. So hatte Lilly mich noch nie erlebt. Ich hatte nicht mehr dieses liebevolle etwas an mir, was sie kannte. Jetzt war es mehr dominierend und kontrollierend. Ein letzter Blick in Richtung Silver, welcher ihr zunickte und sie verschwand im Nebel der Nacht.

Ich wandte mich zu Silver.

»Hast du was zum Anziehen dabei?«, ich war immer noch nackt auf der Straße, sollte mich die Polizei auf einer ihrer Streife begegnen, wäre ich ein willkommenes Opfer für sie.

»Natürlich« Silver zog eine Jeans und ein kariertes Hemd aus seinem Rucksack, den er auf den Rücken trug, und gab es mir. Unterwürfig sah er zu Boden und wartete darauf, dass ich fertig mit Anziehen war.

»Dein Wagen steht gleich um die Ecke.«, meinte er und deutete auf einen Parkplatz nebenan. Ohne ein Wort miteinander zu sprechen, stiegen wir ins Auto ein und fuhren zum Camp. Erst ein paar Meilen davor sprach ich.

»Wie viele haben wir erwischt?«, fragte ich, ohne darüber nachzudenken.

»Einige, mein Alpha. Nach ihrem Angriff wurden sie beträchtlich dezimiert.« Silver war bewusst, dass er Lilly angelogen hatte, um sich und mich zu schützen. Trotzdem hatte er ein schlechtes Gewissen gegenüber mir, denn er stand nicht zu seiner Tat, er gab nicht offen zu, dass er Jason getötet hatte. Aber ich war auch mit schuld an diesen Angriff. Mir war nach wie vor schleierhaft, woher die Vampire wussten, wo wir uns versteckten. Hatten wir einen Maulwurf im Rudel? Ich sah

Silver skeptisch an und erinnerte mich, an die Vision, in der mich Silver verraten hatte. Ich würde schon noch dahinter kommen.

Nachdem Lilly wusste, was ich war, nahm ich an, sie würde nie wieder etwas mit mir zutun haben wollen. Also stürzte ich mich wieder auf meine Pflicht als Alpha. Aus uns würde sicher nichts werden. Wie auch? Ein Werwolf und ein Vampir, zwei Todfeinde. Romeo und Julia waren nichts dagegen. Aber das Ende wäre womöglich das gleiche gewesen. Ich wollte Lilly keiner Gefahr aussetzen und hielt mich deshalb zukünftig fern von ihr.

Es stand ein großes Treffen bevor. Alle Anführer sämtlicher Rudel trafen sich an einem geheimen Ort und wurden, darüber informiert, dass der Fluch abgeschwächt und verändert wurde. Und auch eine neue Taktik sollte besprochen werden. Ich hatte lange genug geschwächelt, als Alpha durfte ich mir das nicht erlauben, wenn ich den Respekt aller behalten wollte.

Christopher, einer der Ältesten, sah mich misstrauisch an. Ich kannte ihn seit meiner Kindheit, er war auch mein Onkel und Alpha des Ostküstenrudels. Das Ich als sein Neffe, der Oberalpha wurde, störte ihn etwas, er hoffte darauf, dass sein eigener Sohn Clay eines Tages Alpha sein würde. Mit Argusaugen beobachtete er jeden Schritt von mir. Die anderen Alphas hatten ihre Chance schon gegen mich gehabt, und verloren.

Jeder Handgriff auf der Landkarte wurde von ihm in Frage gestellt. Sowieso stellte er alles in Frage, was ich tat oder dachte. Clay war aber gar nicht daran interessiert Alpha zu sein, ich hatte andere Prioritäten. Wie alle anderen auch, wollte er ein normales Leben führen, und hielt sich sogar vom Rudel fern. Er hatte eine Freundin und wollte eine Familie gründen. Das passte seinen Vater überhaupt nicht. Ich konnte es dagegen inzwischen verstehen.

»Also willst du dir die Ältesten zu erst schnappen.«, sagte Christopher misstrauisch.

»Unser Kontakt meinte, dass es bald ein Treffen der großen Urvampire geben wird«. Ich blickte mich um und sah in fragende Gesichter. »Und wie wir wissen, treffen sie sich nur alle paar hundert Jahre.«, erklärte ich.

»Du willst dir also die Urvampire schnappen?«, fragte Christopher. Ich wollte ein Exempel statuieren, und mit den Anführern beginnen. Es war ein gefährliches Unterfangen, denn sie waren die Stärksten der Vampire überhaupt.

»Ich will sie kalt machen und ihnen zeigen, wer das Sagen hat. Und jetzt wo wir als Wölfe stärker und unverwundbar sind, ist die Zeit gekommen.«, sagte ich mit einem drohenden Knurren in Christophers Richtung. Christopher sah unterwürfig zu Boden und wagte es nicht zu widersprechen. Sie nickten alle einvernehmlich zu mir. Keiner hatte mehr Lust darauf sich von den Vampiren auf der Nase herumtanzen zulassen. Seit Jahrhunderten waren wir nur auf der Jagd nach ihnen, ein normales Familienleben war kaum mehr möglich.

»Also ist es beschlossene Sache. Den Plan kennt jeder. Den Treffpunkt der Vampire auch, und den Tag. Wir treffen uns zum Morgengrauen dort. Dann können sie nicht abhauen.«, erklärte ich überzeugt davon, dass mein Plan gelingen würde.

Einige Tage später war es soweit. Silver wirkte nervös die letzten Tage. Er war oft verschwunden ohne zu sagen, wo er hin wollte. Doch ich ließ ihn heimlich beobachten. Und er wurde beobachtet, wie er sich mit Vampiren traf.

»Sag mal, wo warst du die Tage eigentlich? Wir haben viel vorzubereiten und du schleichst durch die Gegend.« Ich sah Silver ernst an. Ich war sauer, denn ich wusste, dass ich mich auf meinem Beta nicht mehr verlassen konnte.

»Ich hatte etwas zu erledigen. Private Dinge.«, meinte Silver und drehte sich weg, um meinen Blick zu entgehen, den er dennoch auf sich spürte.

»Private Dinge, gibt es in den nächsten Stunden nicht mehr, hörst du? Wir haben einen Auftrag zu erfüllen.«, knurrte ich ihn an.

»Daran hättest du vielleicht selbst mal denken sollen, bevor du mit deinem Vampir rumgemacht hast.«, bellte Silver zurück. Er stellte meine Absichten schon wieder in Frage, wandte sich gegen seinen Alpha. Meine Augen leuchteten gefährlich rot, ich witterte Silvers Aggressivität und ballte meine Fäuste.

»Du bist es gewesen, der ihren Freund getötet hat, und weswegen ich zu ihr musste.«, knurrte ich wieder bedrohlich.

Zwei andere kamen hinzu und wunderten sich.

»Ihr nehmt Silver jetzt in Gewahrsam. Er hat sich heimlich mit den Vampiren verbündet und arbeitet heimlich gegen uns. Bis auf weiteres bleibt er Gefangener.«, ich hatte meinen Beweis, und zog nun die Konsequenzen. Silver sah mich wütend und geschockt an. Die beiden Rudelmitglieder brachten ihn weg.

»Das wirst du noch bereuen.« Ich wurde das Gefühl nicht los, dass er etwas in Schilde führte, er durfte auf keinen Fall frei gelassen werden.

Ich machte mich fertig und stieg in mein Pick-up ein,

Am Horizont ging langsam die Sonne auf, als wir an einem alten Schloss eintrafen. Drinnen war alles ruhig. Die Vampire schienen zu schlafen. Soweit lief alles nach Plan.

Langsam versammelten sich alle Wölfe um die Burg herum und suchten sich Eingänge. Drinnen war es dunkel und feucht, nur ein paar Fackeln sorgten für ein wenig Licht. Muffiger Geruch stieg mir in die Nase, als ich mit meinen Pfoten auf den harten Steinboden trat. Meine Sinne waren geschärft, jedes Geräusch und jeder Geruch erregte sofort meine Aufmerksamkeit. Der seichte Schein der Fackel verwandelte die Burg in ein flackerndes Gebäude. Die anderen waren überall in der näheren Umgebung. Langsam näherte ich mich mit dem Rudel, dem Saal, wo die Obervampire schlafen sollten. Ich roch sie. Strenger und stinkender als neugeborene Vampire. Aber da war noch etwas. Ein bekannter Geruch. Aber das konnte nicht sein, nicht hier und nicht jetzt. Ich betrat den Raum und sah, dass keiner der Urvampire schlief.

Hier stimmt was nicht.

Sie standen alle in der Mitte des Raums und erwarteten uns bereits. Hier stimmte etwas nicht. Warum schliefen sie nicht.

Knurrend kamen auch die anderen Wölfe hervor und bedrohten die Vampire, sie warteten nur auf den Befehl von mir zum Angriff. Als hinter den Vampiren plötzlich Silver in Menschengestalt auftauchte, dachte ich, welcher Verräter hat ihn rausgelassen. Dann fiel mir ein, seine

Brüder waren im Camp und mussten ihn befreit haben. Er konnte schon immer sehr überzeugend sein. Dieser Trottel macht sich absichtlich verwundbar. Dann sah ich aber, dass Silver jemanden hinter sich herzog, nein nicht irgendjemanden, sondern derjenige, von dem der bekannte Geruch kam. Lilly. Sie sah ängstlich aus. Schweiß perlte auf ihrer Stirn und Tränen liefen an ihren Wangen runter. Die anderen Vampire sahen Silver erwartungsvoll an. Was tat er hier? Und vor allem warum?

»Tja Adam, *mein Alpha*, so wendet sich das Blatt. Deine Kleine hier, hat mir blind vertraut. Ihr Fehler.«, er sah runter zu dem schwarzen großen Wolf, der ich war und ich knurrte ihn wütend an. Ich konnte es nicht fassen, mein bester Freund hatte mich hintergangen und stellte sich jetzt gegen mich. Die Vision erfüllte sich tatsächlich.

Dieser verdammte Mistkerl.

Die Obervampire standen nur grinsend daneben und beobachteten das Schauspiel.

»Ja meine lieben Rudelmitglieder, ihr habt richtig gehört. Adam, unser höchster Alpha, hat sich in einen Vampir, unseren

Feind verliebt, und sich bis jetzt geweigert, sie zu töten.«, sagte Silver mit finsteren Blick. Die Wölfe sahen sich gegenseitig an. Diese Unmoral konnten sie nicht verstehen. Ich verstand es ja selbst anfangs nicht.

Ich überlegte, was ich tun sollte. Silver angreifen, würde auch Lilly in Gefahr bringen, aber ich würde meine Autorität als Alpha behalten können. Was war mir wichtiger, Lilly oder das Rudel? Einer der anderen Alphas verwandelte sich zurück und sprach mich auf diesen Vorwurf an.

»Ist das wahr, was dein Beta hier erzählt?« Jetzt wurde es Zeit zu reagieren. Ich beschloss, Stellung zunehmen und verwandelte mich zurück.

Scheiße. Ja. Verdammt es ist wahr. Aber ich gebe nicht zu.

Nackt und schwer atmend durch diese Aufregung stand ich den Anwesenden gegenüber.

»Ich bin euch keine Rechenschaft schuldig. Aber Silver ist mir eine schuldig. Was zum Teufel tust hier gerade? Statt uns zu helfen, fällst du mir in den Rücken und hilfst selbst den Vampiren.«, sagte ich knurrend.

Lillys Augen weiteten sich als sie bemerkte, dass ich nackt vor ihr stand, gleichzeitig begriff sie, was Silver gerade gesagt hatte. Ich hatte mich in sie verliebt. Die ganze Zeit, war sie sauer auf mich und enttäuscht.

»Du hast es nicht verdient, oberster Alpha zu mein, Adam. Ich hätte es sein müssen. Nur aus Respekt vor dir bin ich nicht gegen dich angetreten. Aber ich hätte dich besiegt. Ganz sicher.« Etwas Irres klang in der Stimme von Silver mit. Auch sein Blick hieß nichts Gutes. Er fuhr eine Kralle aus seinem Zeigefinger und bedrohte damit Lilly am Hals. Er zog langsam eine blutige Linie an ihre Hals entlang. Das Blut floß an ihrem Schlüsselbein entlang in ihren Ausschnitt hinein. Lilly war auch als Vampir verletzlich und stöhnte vor Schmerz auf. Alles in meinem Körper war auf Verteidigung eingestellt. Mir war klar, dass es auf einen Kampf hinaus lief. Silver wollte die Führung für sich. Er spielte mir nur den treuen Freund vor, nur um mich jetzt als Verräter hinzustellen, der er selbst war. Das Schicksal nahm seinen Lauf.

»Für uns Vampire bedeutet diese Verbindung zwischen den beiden natürlich das Überleben. Für euch ist es natürlich eine Katastrophe«, meinte einer der Obervampire lachend. »Nun Alpha, wie wirst du dich entscheiden?«, er sah mich abwartend an. Wenn ich jetzt einfach verschwinden würde, würde Silver Lilly sicher töten. War es den ganzen Werwolfalpha-Kram eigentlich wert? Ich sah die Angst in Lillys Augen und es brach mir das Herz. Ich sah die enttäuschten Blicke der anderen Wölfe und hörte ihr bedrohliches Knurren.

»Du hast gewonnen Silver. Ich übergebe dir hiermit die Führung. Ich geb zu, mir ist alles zu viel Verantwortung. Und jetzt lass Lilly gehen. Wir werden verschwinden.«, erklärte ich entschlossen. Ich wusste, so einfach würde Silver mich nicht gehen lassen. Ich bereitete sich innerlich auf die Flucht vor.

»Ihr habt es gehört.« Silver sah in die Runde und spürte die neue Macht als Oberalpha schon in sich. Er war stärker und schneller als zuvor.

»Es fühlt sich fantastisch an« Er ließ Lilly los, um sich seine Hände genauer anzusehen. Krallen sprießten aus seinen Finger. Diesen Moment nutzte ich aus, um blitzschnell zu Lilly zu rennen, sie zu packen und abzuhauen. Silver war zwar nicht besonders begeistert davon, und auch die anderen waren wenig glücklich mit unserer Flucht, aber Silver hatte gerade andere Gedanken.

8. Kapitel

Ich zog Lilly mit mir zu meinem Pick-up und zog mich schnell an. Klamotten immer bereit zu haben, war das wichtigste für uns Wölfe. Ich warf ihr einen Mantel über, damit sie vom Sonnenlicht nicht weiter verletzt wurde. Sie hatte auf den Weg zum Auto schon gelitten.

»Wir müssen hier schnellstmöglich verschwinden. Silver wird nicht lange abgelenkt mein und dann wird er Jagd auf uns machen«, erklärte ich und stieg ins Auto ein. Lilly sah mich entgeistert an und rührte sich nicht. Sie stand noch immer unter Schock. »Los steig ein. Wir müssen weg.«, rief ich ihr zu. Sie hatte keine andere Wahl als auf mich zu hören, aber vertrauen konnte sie mir nach allem immer noch nicht.

Ihr Blick ging ins Leere während der Fahrt, doch dann wurde ihr etwas klar, dass schlagartig das Vertrauen zu mir verstärkte.

»Du warst Oberalpha? Und du hast es für mich aufgegeben? Deinem Todfeind?«, sie sah mich mit Tränen in den Augen an.

»Ich würde dich niemals opfern. Eher würde ich mich immer wieder selbst opfern. Du bist vielleicht der Todfeind der anderen Werwölfe, aber nicht meiner«, ich nahm eine Hand vom Steuer und streichelte sanft über ihre Wange.

»Hat Silver recht? Bist du in mich verliebt?«, fragte sie nach. Die Antwort kannte sie, aber sie wollte es aus meinem Mund hören.

Als sie an einer Ampel hielten, sah ich sie liebevoll an.

»Vom ersten Augenblick, als ich dich sah, nach dem du mich gerettet hattest, war ich dir vollkommen verfallen. Ich konnte nicht mehr klar denken, geschweige denn mich um alle Rudel kümmern. Ich liebe dich. Und ich würde sterben für dich.«, erklärte ich ihr meine Liebe. Lilly errötete und sah schüchtern nach unten zwischen ihren Füßen. Ich lächelte, denn einen schüchternen Vampir hatte ich noch nie gesehen.

»Wir sollten etwas zu essen besorgen.«, meinte ich lächelnd. Wir konnten nicht ewig im Auto unterwegs sein. Lilly würde es ohne Blut und Dunkelheit nicht lange aushalten. Das nächstgelegene Motel kam uns gerade recht. Lilly zitterte schon vor Hunger.

»Warte hier. Ich miete uns ein Zimmer an.«, meinte ich und ging zur Anmeldung. Der Besitzer war ein alter ergrauter Mann mit weißen Bartstoppeln, er roch unangenehm nach Bier.

»Guten Tag, ich brauche ein Zimmer mit Doppelbett«, sagte ich. Der Besitzer musterte mich von oben bis unten.

»Zimmer 36. Zahlen sie Bar oder mit Karte?«, fragte er und drückte seine stinkende Zigarre im Aschenbecher aus.

»Bar. Wieviel?«, fragte ich und holte meine Brieftasche aus meiner Gesäßtasche hervor.

»45 Dollar die Nacht.«, antwortete der alte Mann. Ich legte ihm die Scheine auf den staubigen Tresen und nahm die Schlüssel.

»Danke, ich wünsche einen angenehmen Aufenthalt.«, der Mann grinste. Ich rannte zum Auto und holte Lilly raus, schnell gingen wir auf unser Zimmer und zogen die Vorhänge zu. Kein Sonnenlicht sollte ins Zimmer fallen. Lilly warf den Mantel von sich und legte sich auf das Bett.

»Ich hab solchen Hunger.«, knurrte Lilly in meine Richtung und sah mich an, als wäre ich ein Stück Steak. Gierig leckte sie sich über die Lippen.

Du kannst mich gerne vernaschen, aber erst besorge ich dir was gegen deinen Durst.

»Ganz ruhig Lilly. Ich werde dir etwas besorgen. Bleib einfach hier und rühre dich nicht von der Stelle.«, beschwichtigend hob ich meine Hände.

»Okay aber beeil dich, ich kann für nichts garantieren, wenn ich dem Blutdurst verfalle.«, meinte Lilly und rieb sich nervös die Knöchel an den Händen. Ich verschwand schnell, irgendwoher musste ich Blut bekommen. Lilly wurde immer hungriger und konnte es kaum noch aushalten.

Eine Stunde später kam ich wieder und entdeckte die Leiche des Besitzers im Zimmer.

»Was zur Hölle ist passiert?« Haare raufend starrte ich auf die Leiche.

»Ich hatte Hunger, und konnte nicht mehr warten. Es hat mich einfach überkommen, als er klopfte.«, erklärte sie mit unschuldiger Miene. Ich war selbst

Schuld. Ich bin mit Lilly Hals über Kopf abgehauen und sie hatte die ganze Nacht noch nichts getrunken, dann ließ ich sie, einen hungrigen Vampir auch noch alleine in einem Motelzimmer zurück.

»Okay. Keine Panik. Sobald es dunkel wird, lassen wir die Leiche verschwinden und hauen hier ab. Bis Sonnenaufgang müssen wir woanders mein.« Wo das sein sollte, wusste ich selbst noch nicht genau. Ich kannte jedes Rudel in der Umgebung, und wusste, dass ich den anderen nun ausweichen musste.

Das Päckchen mit dem Blutbeutel, dass ich aus einer Klinik mitgehen lassen hatte, stellte ich auf den Tisch ab.

»Tut mir leid. Aber ich bin es eben nicht gewohnt solange ohne Blut zusein.« , entschuldigte sich Lilly. Ich musste mir eingestehen, dass die Flucht mit Lilly kompliziert werden würde, auch musste ich einen Plan schmieden, wo wir uns von nun an verstecken sollten, ohne jemals entdeckt zu werden. Dann kam mir ein Geistesblitz zur Hilfe.

»Wir nehmen den nächsten Flieger nach Paris.«, sagte ich. Lilly hielt es für einen Scherz.

116

»Meinst du nicht, dass es für Romantik der falsche Moment ist?«, sagte sie ungläubig.

»In Paris und ganz Europa gibt es gerade keine Werwölfe, weil wir dort alle Vampire getötet haben«, erklärte ich.

»Danke das du mich daran erinnerst«, sagte Lilly mürrisch.

»Entschuldige, aber für unseren Fluch kann ich nichts.«, erklärte ich beschwichtigend.

»Schon gut. Ich wusste bis vor Kurzem nicht mal etwas von Werwölfen und Flüchen. Wie Vampire entstanden sind, wurde mir auch nie erklärt«, meinte sie.

»Okay die Kurzfassung ist, es gab eine Hexe, die wollte ihren Geliebten heilen, dazu musste sie eine Regel brechen, der Zauber ging schief. Und er wurde geheilt aber untot. Dieser Vampir wurde machtgierig und machte immer mehr Vampire, die mordeten und Chaos stifteten. Um den Einhalt zu bieten, schuf sie uns Werwölfe, wir sollen euch töten. Und nur wenn alle tot sind, werden wir auch erlöst von unserem Fluch der Wölfe«. Die Geschichte war mir unangenehm, denn ich hatte nicht vor Lilly zu töten, nur wegen eines blöden Fluchs.

»Oh. Das ist ja traurig. Und wirklich scheiße«, meinte Lilly nachdenklich. Jetzt fühlte sie sich schuldig, denn nur wegen ihr, würde ich wohl ein Werwolf bleiben.

»Ist es so schlimm als Wolf?«, fragte sie neugierig und sah mich entschuldigend an, dabei war sie selbst ja gar nicht schuld daran, sondern nur ein Opfer. Was für mich noch ein Grund mehr war, sie zu schützen. Der Vampir, der alles auslöste, war bereits tot, nur sein ältester Nachkomme lebte noch, oder etwa nicht? Hatte Silver ihn vielleicht schon getötet? Andererseits war es nicht mal seine Schuld, denn eigentlich war eine Hexe schuld an Werwölfen und Vampiren. Warum musste immer alles so verdammt kompliziert sein?

»Eigentlich ist nur die Verwandlung unangenehm. Das Wolfsein an sich, ist sogar ganz cool.«, musste ich mir eingestehen und grinste Lilly an. »Man kann nackt durch die Gegend laufen. Hört und riecht Dinge, die anderen nicht auffallen.«, ich trat näher an Lilly ran und setzte mich neben ihr auf das Bett. »Wenn da nur nicht die Sache wäre mit dem tödlichen Biss für Vampire.« Auf keinem Fall wollte ich ihr weh tun.

Als Alpha war es meine Pflicht gewesen, Vampire zu töten und den Fluch zu beenden. Doch jetzt war das alles egal und völlig hirnrissig. Warum sollten Vampire und Wölfe nicht einfach friedlich auf der Erde miteinander klar kommen? Nur weil es diesen Fluch gab? Wir wurden dafür bestraft dafür, dass eine Hexe einen Fehler begangen hatte. Wenn ich in der Zeit zurückreisen könnte, würde ich diese Hexe töten, noch bevor sie ihren Geliebten retten könnte.

»Aber ich schwöre dir, ich werde nie wieder einen Vampir töten, jedenfalls nicht freiwillig.«, ich nahm zärtlich Lillys Gesicht in die Hände und sah ihr tief in die Augen.

Ich muss ... Ich will ... DICH!

Langsam näherten wir uns einander und gaben uns endlich den Gefühlen füreinander hin und küssten uns. Eine merkwürdige Spannung lag während des Kusses in der Luft. Es knisterte spürbar. Wir konnten es fühlen. Eine magische Verbindung zwischen uns, während wir uns berührten. Es fühlte sich gut an, sehr gut und richtig sogar.

»Ich lass dich nie wieder alleine«, flüsterte ich ihr leise ins Ohr und legte sie auf das Bett. Langsam zog ich ihr Kleid an den Schultern herunter und küsste sie an ihrem Nacken. Sie stöhnte leise auf und zog mein Hemd über meinem Kopf. Zärtlich streichelte sie über meine Narben auf meinem Oberkörper. So viele Wunden, tiefe Spuren von Kämpfen aus meiner Vergangenheit. Mit meinen Lippen glitt ich langsam an ihren Köper entlang und zog sie weiter aus. Lilly zerrte ungeduldig an meiner Hose, um sie zu öffnen. Wir vergaßen völlig, dass in unserem Zimmer eine Leiche lag, sowieso war alles andere gerade nebensächlich. Wir wollten uns mehr als alles andere auf der Welt. Ich zog meine Hosen aus und legte mich vorsichtig auf Lillys zierlichen Körper. Sie war nur noch von ihrer Unterwäsche bedeckt, doch auch die zog ich ihr küssend aus.

»Ich will dich so sehr«, sagte ich lüstern und streichelte sie zwischen den Beinen.

»Komm her«, sagte Lilly und zog mich zu sich, damit ich in sie eindringen konnte. Sie umklammerte seine Hüften mit ihren Beinen und genoss jede Bewegung und jeden Stoß von mir. Gemeinsam kamen wir zu einen Megaorgasmus.

»Oh Gott, ich explodiere.!!«

»Ahhh !!«, Lilly bäumte sich vor Ekstase auf und atmete schwer und zitternd als sie kam.

»Das war der Wahnsinn«, meinte ich keuchend als auch der letzte Tropfen meines Saftes in ihr tropfte.

Nach dieser leidenschaftlichen und magischen Nacht miteinander wachten wir erschrocken auf.

»Es ist dunkel, wir müssen schnell die Leiche vergraben.«, meinte ich und suchte hastig meine Sachen zusammen. Lächelnd sah ich Lilly an, die ganz verschlafen aussah mit ihren zerzausten Haaren.

»Ich werd nach einer Schaufel suchen, irgendwo muss der Kerl ja eine haben.«, ich drückte Lilly noch einen Kuss auf die Stirn und verschwand dann durch die Tür. Während ich auf der Suche nach einer Schaufel und einen passenden Platz zum Vergraben war, wickelte Lilly die Leiche in ein Laken ein.

Eine Stunde später stand ich wieder im Zimmer mit einer Schaufel in der Hand und einer Idee, wo die Leiche vergraben werden sollte.

»Super verpackt das Paket. Dann los ich hab ein Platz gefunden.«, ich wollte ihr gerade dabei helfen den Leichnam hochzuhieven, da hatte sie ihm schon über die Schulter gehoben. »Ich vergesse immer, wie stark ihr Vampire seid«, meinte ich lachend. Sie verschwand mit dem Leichnam über den Schultern blitzschnell über den Flur zum Eingang.

»Und wie schnell ihr manchmal seid«,sagte ich zu mir selbst, denn sie war schon weg.
Ich rannte hinter her und rief Lilly zu mir, sie war am falschen Eingang.

»Hierlang. Hinterausgang.«

Und schneller als ich gucken konnte, stand sie schon neben mich.

»Sagt das doch gleich.«

Ich führte sie in den Hinterhof, zu einem kleinen Waldstück. Wenig Licht erschwerte uns die Sicht, aber Lilly und ich konnten dank unserer übersinnlichen Fähigkeiten genug sehen, um zu graben.

Ein knackendes Geräusch erschreckte uns.

»Was war das?«, fragte Lilly und sah sich um. Ich hielt meine Nase in die Luft und versuchte, etwas zu wittern.

»Vielleicht ein Tier. Wir sind ja am Wald.«, meinte ich und grub weiter. Von Weitem bellte ein Hund und ließ uns wieder auferschrecken.

»Wir sollten uns beeilen und dann verschwinden.«, meinte Lilly nervös und warf die Leiche in das Loch. Das Loch gruben wir zu und bedeckten es mit Blättern und Ästen. Danach beeilten wir uns schnell weg zukommen. Wir mussten unseren Flug bekommen.

9. Kapitel

Am Flughafen angekommen, buchten wir uns einen Nachtflug nach Paris. In ein paar Minuten würde der Flug gehen und wir hofften auf einen Neuanfang. Der Geruch anderer Werwölfe machte mich nervös.

»Hier stimmt was nicht. Ich rieche Wölfe.«, meinte ich beunruhigt.

»Wo? Kannst du sie erkennen?«, fragte Lilly nervös und drehte ihren Kopf suchend hin und her.

»Nein, aber wenn ich sie rieche, können sie mich auch riechen.« Ich überlegte. »Ich muss den Geruch überdecken und deinen auch. Sie können dich wittern.« Wir suchten den Duty Free Shop auf, und kauften ein starkriechendes Parfum. Für das Erste sollte es helfen.

Ich sah mich um, ob ich jemanden sehen konnte. Die Luft schien rein zu sein. Mit unseren Papieren machten wir uns auf den Weg zum Terminal um einzuchecken und ins Flugzeug zu steigen. Eine Welle der Erleichterung überkam uns als die Tür des Flugzeugs schloss, und wir in der Luft, waren. Erleichtert küssten wir uns.

Es war schon 2 Uhr nachts in Paris, als wir ankamen. Wir stiegen voller Freude aus dem Flugzeug aus, und suchten uns vor dem Flughafen ein Taxi. Sechs Stunden Zeitverschiebung machte uns beide hungrig.

»Ich kenne ein perfektes Hotel.«, meinte ich und hielt Lilly die Tür auf. »Und ich kenne jemanden, der uns helfen wird den Hunger zu stillen.«

Ich hatte viele Kontakte auch menschlicher Natur, die sich raus hielten aus dem Krieg zwischen Vampiren und Werwölfen. Ich zog mein Handy im Taxi raus und kontaktierte einen alten Freund.

Im Hotel angekommen, erwartete uns Dwayne schon, ein alter Freund und Vertrauter.

»Hey Adam, bei euch ist aber was los. Aber hier sind eure Sachen, die ihr wolltet. Blutkonserven, Frühstück und neue Ausweise. Ich hab so schnell gemacht, wie ich konnte. Und hier ist dein neues Smartphone. Viel Glück« , er schüttelte mir die Hand und sah Lilly lächelnd an. »Ihr könnt es gebrauchen.«

»Danke dir.« Ich umarmte Dwayne und ging mit Lilly ins Hotel. Unser Zimmer war groß und glich eher einem Penthouse als einem Hotelzimmer.

»Wie kommen wir zu diesem wahnsinns Zimmer?«, fragte Lilly überwältigt. Ich erklärte ihr, dass ich als Werwolf viel unterwegs war, und immer Unterschlüpfe suchen musste. Dieses Zimmer war nicht gemietet, sondern eher gekauft von meinem Vater für Notfälle. Ich brauchte dem Portier nur eine Karte zustecken und er wusste, wohin es gehen sollte. Niemand außer mir und meinen Vater kannte dieses Penthaus, nicht mal meine Brüder. Ich war von vornerein der Favorit als Alpha, und nur der Alpha durfte Kenntnis haben von diesem Penthaus. Mein Vater informierte mich rein vorsorglich und mit gutem Wissen über diese Notfallunterkunft. Selbst wenn ich keiner geworden wäre, hätte ich Zutritt hierzu gehabt. Ich war immer Vaters Liebling und er wollte mich beschützt und sicher wissen. Auch wenn mich der Tod meines Vaters durch Vampire schmerzte, konnte ich Ruperts Entscheidung, zu den Vampiren zu halten verstehen. Für unsere Art war es unnatürlich, sich mit dem Feind zu verbünden. Aber das Schicksal wollte es so, ich konnte es spüren. Vielleicht bedeutete es, dass wir ewig Werwölfe bleiben würden, aber das war mir egal, denn Vampire würden auch ewig Vampire bleiben. Für sie gab es kein Heilmittel. Schließlich war das Untotsein schon ein Heilmittel.

Lilly nahm gemütlich auf den großen Sofa Platz und sah mich verführerisch an. Ihr Blick verriet mir schon, dass sie mich wollte. Seit unserer ersten gemeinsamen Nacht hatten wir eine magische Verbindung zueinander. Es war merkwürdig, aber ich konnte spüren, was sie spürte. Ihre Traurigkeit darüber, dass ich wegen ihrer Art ein Wolf blieb, und ihre unendlich Liebe erfüllte mein Herz. Ich setzte mich zu ihr und kraulte sanft ihren Nacken.

»Jetzt können wir endlich durchatmen.«, meinte ich und küsste sie leidenschaftlich, was sie noch mehr anheizte. Anscheinend wollte sie mehr von diesen magischen Sex haben, der uns beide so überwältigt hatte. Aber diese Entspannung und dieses Vergnügen hatten wir uns verdient.

Am nächsten Morgen oder eher in der nächsten Nacht, weckte ich Lilly mit einem Blut-Frühstück. Ich musste mich komplett umstellen, alles was wir taten, war nur ausschließlich nachts. So konnten wir allerdings unsere Zeit ausgiebig nutzen, und niemand stellte Fragen. Meine Versuche, David zu erreichen, um ihn nach Blutreserven zu fragen, für Lilly, scheiterten. Er war spurlos verschwunden, erzählte mir Rupert. Nachdem Angriff von Silver hatte ihn niemand mehr gesehen. Sie machten sich alle Sorgen. Rupert schickte uns dennoch ein Paket mit Blutkonserven. Wir hatten eine ganze Weile Ruhe vor den anderen und sorgten uns fast gar nicht mehr. Wir benahmen uns unauffällig und genossen unser neues Leben. Niemand wusste, was oder wer wir waren. Und so sollte es auch bleiben.

Wir saßen in einer Bar am Tresen und tranken ein Glas Rotwein. Der Französische war immer noch der Beste. In ihrem roten engen Kleid sah Lilly so sexy aus, ich hätte ihr am liebsten das Kleid vom Leib gerissen und sie sofort hier vernascht. Sie zog die Blicke der anderen so auf sich, dass ich aufpassen musste. Oder sollte ich besser sagen, sie mussten aufpassen.

Als Lilly von der Toilette kam, grabschte ihr ein betrunkener Typ an den Hintern. Ich wollte aufstehen und ihn eine reinhauen, als Lilly seine Hand nahm, den Arm umdrehte und ihn schmerzhaft aufschreien ließ. Okay ich musste mir endlich eingestehen, dass Lilly sich gut selbst verteidigen konnte als Vampir. Eigentlich war das ja praktisch, aber als Mann komisch, denn instinktiv will man seine Freundin beschützen.

Der Vollmond glänzte über Paris mit all seinen funkelnden Lichtern, und ich erinnerte mich an meine erste Verwandlung als Werwolf. Es war jetzt schon eine Ewigkeit her, dass ich mich das letzte Mal verwandelt hatte. Mir fehlte es überhaupt nicht. Der Fluch zwang uns nur dazu, Vampire zu töten, wenn wir keine Wölfe sein wollten, dabei konnten wir wählen, ob wir Menschen oder Wolf sein wollten. Die einzige gezwungene Verwandlung war an unseren ersten Vollmond, wenn wir 18 Jahre alt waren. Danach kontrollierten wir alleine die Verwandlung.

Lilly sah bezaubert aus bei Mondlicht. Ihre blasse Haut glänzte fast so schön wie der Mond selbst. Ich warf ihr meinen Mantel über, um sie zu wärmen. Auch wenn ich gar nicht wusste, ob sie als Vampir überhaupt fror. Dankbar nahm sie

ihn an und legte ihren Arm um meine Taille,
als wir zurück in unser Penthaus gingen.

10. Kapitel

SILVER

Endlich war ich an der Macht. Dieser Schwächling Adam, hatte gar keine andere Wahl als sie mir zu übertragen. Nur ein Weichei wie er konnte sich in unseren Feind verlieben. Mieser Verräter. Aber nun würde ich das Zepter schwingen und zu erst räche ich mich an den Vampiren, dann ist Adam und seine Lilly dran. Adam ahnte nie was davon, dass ich hinter seinen Rücken schon alles lange geplant hatte. Dass er sich nun in unseren Feind verliebt hatte, passte super in meinen Plan und machte es mir noch einfacher, ihn zu verwirklichen. Heimlich nahm ich Kontakt zu den Ältesten auf und versprach ihnen einen Deal. Sie waren erfreut, dass sie den Alpha persönlichen töten durften. Aber in Wirklichkeit sollten sie sterben, sie waren nur der Mittel zum Zweck. Ich ließ Adam einfach die Arbeit machen. Er plante alles durch und ich spielte mit. Doch vorher musste ich Lillys Vertrauen bekommen. Vampire waren so leicht gläubig. Du musstest ihnen nur etwas versprechen, dass sie wollten. In Lillys Fall war, es Frieden. Doch sie ahnte nicht, dass sie der eigentliche Grund für den Krieg war. Die Ältesten waren auch nicht besser, den Alpha würden sie nie bekommen, denn der Alpha hatte sie.

Blutend und wimmernd hing David vor mir angekettet an der Wand in der Burg. Er war der Einzige, den ich überleben ließ. Die anderen Ältesten, waren nur noch ein Häufchen Asche. Mit jedem neuen Schlag mit der Peitsche auf seiner blassen Vampirhaut, und mit jedem neuen blutigen Striemen auf dem Rücken oder auf seiner Brust, entfachte mehr Macht in mir. Ich sah ihn gerne leiden. Oh ja. Er war schuld, warum wir noch Wölfe sein mussten. An meinem Handeln merkten die anderen, dass ich kein Spaß verstand. Keiner der anderen Alphas wagte es, mir zu widersprechen. Warum ich David noch nicht getötet hatte? Ich wollte seine Familie dabei haben. Diesen Duken und Destiny und ich wollte Rupert diesen Verräter zeigen, wer nun das Sagen hatte. Vielleicht würde ich mir einen Spaß daraus machen, und erst die anderen töten, um David noch mehr leiden zu lassen. Überall ließ ich nach ihnen suchen, doch bis jetzt blieben sie noch unentdeckt. Sie trauten, sich nicht ihren Ältesten zu retten? Waren sie etwa genauso feige wie Adam?

»Töte mich endlich«, flehte David. »Sie werden nicht kommen. Selbst du solltest so schlau sein und soweit denken können.«

Vielleicht hatte er recht, doch ich wollte ihn noch etwas mehr leiden sehen. Schließlich hatte ich den Ältesten der Vampire in meiner Gewalt. Kraftlos und machtlos. Seine hypnotisches Fähigkeiten funktionierten nicht bei uns Wölfen, nicht dass er es nicht schon probiert hätte.

Meine Späher waren inzwischen auch unterwegs auf der Suche nach Adam und Lilly. Auch Adam sollte leiden, ich würde Lilly vor seinen Augen töten und dann ihm. Gnadenloser und skrupelloser als Adam es je konnte, jagte ich die Vampire. Auf den Straßen herrschte nachts Krieg. Vampire gegen Werwölfe.

Mitchel einer meiner Cousin und Späher, berichtete mir davon, dass vor ein paar Wochen, ein Wolf am Flughafen gewittert wurde mit einem Vampir. Das konnte nur Adam sein. Sie flohen also aus dem Land.

Sofort setzte ich ein paar Rudel auf das Ausland an. Vampire konnten wir meilenweit riechen, Lilly würde nicht lange unentdeckt bleiben mehr.

Mit meinen ausgefahrenen Krallen schlug ich Davids ins Gesicht.

»Halt die Klappe. Du wirst schon sehen, wer zuletzt lacht.«, sagte ich knurrend. Blut floss an seinen Mundwinkeln runter, was mir sofortige Befriedigung verschaffte.

11. Kapitel

ADAM

Wir kamen nach einem Mitternachtsspaziergang an der Seine zurück zum Hotel. Ein bekannter Geruch gemischt mit dem des Feindes erregte meine Aufmerksamkeit.

»Wir müssen hier weg. Wir sind nicht alleine.«, sagte ich aufgeregt. Lilly sah mich mit aufgerissenen Augen an. Ich zog sie mit mir und rannte so schnell, wie ich konnte Richtung Hotel. Wir waren hier nicht sicher auf der Straße, und mussten so, schnell es ging, ins Penthaus zurück. Doch bevor wir es erreichen konnten, bestätigte sich meine Angst. Auf einen Parkplatz stand Silver mit dem Rudel zusammen.

Wir versteckten uns hinter einer Hauswand und beobachten sie. Irgendwie mussten wir entkommen. Ich belauschte sein Gespräch mit dem Rudel.

»Er ist hier irgendwo, ich kann ihn wittern. Sucht ihn!«, sagte er und wandte sich an David. »Wir warten hier, weit können sie sein. Und dann geht es dir und den anderen an den Kragen.«

Einen Ausweg, schnell einen Ausweg. Wo sollten wir hin? Sie konnten uns überall wittern. Es war zum Verzweifeln. Wir rannten einfach weg, nur weg von den anderen.

»Stehen bleiben«, ertönte eine Stimme hinter uns. Erschrocken sah ich mich um. Einer meiner Cousins stand hinter mir und drohte uns.

»Niemals.«, sagte Lilly, legte ihren Arm um meine Taille und sprang mit mir auf das Dach des Restaurants hinter uns. Sie war schneller als er, so schnell, dass er zweimal schauen musste, bis er merkte, wo wir waren. Er fluchte und stampfte auf dem Boden.

Lilly und ich sprangen von einem Dach zum nächsten, wenn wir nicht gerade auf der Flucht gewesen wären, hätten wir den Ausblick genießen können. Ein paar Mal hätten sie uns fast erwischt. Silvers Geruch kam immer näher. Und als Alpha war er stärker und schneller als das Rudel. Als wir dachten, wir hätten sie endlich abgehängt, stand Silver plötzlich grinsend vor uns auf einer Wiese.

Sein boshaftes Grinsen ließ mich erschaudern. Er war völlig durchgedreht.

So kannte ich ihm gar nicht. Silver hatte mich die ganze Zeit hinters Licht geführt, und sich als Freund aufgespielt. Sein und Neid hatte ihn aufgefressen. Dabei hätte er nur gegen mich antreten müssen. Wahrscheinlich hatte er Angst davor, doch zu verlieren.

Er hatte David dabei. Er sah ausgemergelt und schwach aus. Mich wunderte es, dass Silver ihn am Leben gelassen hatte. Er war sicher nicht hier, um sich zu entschuldigen. Im Gegenteil, diesmal ging es um alles oder nichts. Schützend stellte ich mich vor Lilly.

»Bleib hinter mir«, sagte ich und hielt ihre Hand hinter meinen Rücken,

»Hab ich euch endlich gefunden.«, Silver lachte erfreut über seinen Erfolg. Hinter mir hörte ich ein Auto bremsen und Türen zuschlagen.

»Hör auf damit, du Psychopath«, rief Duken hinter mir.»Ah endlich ist die Familie vereint. Das ist ja noch besser«, freute sich Silver. Er wollte uns alle, und jetzt hatte er uns da, wo er uns haben wollte.

»Dieser Tag wird ja immer besser, und er fängt doch erst an.«, meinte er lachend.»Schluss mit lustig, Silver. Du rennst einen blöden Fluch hinterher, so wie ihr alle. Ohne zu wissen, dass er uns gar nicht kontrolliert. Wir könnten genauso gut friedlich miteinander leben.«, meinte ich entschlossen. Mein Versuch, ihn zu läutern, scheiterte mit einer schallenden Ohrfeige. Meine Wange schmerzte und blutete von seinem Schlag.

»Schweig, Verräter.«, sagte Silver mit glühenden Augen. Er richtete eine Pistole auf mich, und ich konnte mir denken, was es für Kugeln waren. Nicht verwandelt waren Silberkugeln immer noch tödlich.

»Du bist der Verräter. Du warst zu feige, gegen mich anzutreten, und holst dir die Führung mit Verrat. Du bist und wirst es nie wert sein ein Alpha zu sein.« Wütend und panisch, versuchte ich auf ihn einzureden.»Das ist dein Ende. Du hattest deine Chance, dich zu beweisen«, drohte er. Ob mein Tod etwas ändern würde, wusste ich nicht, aber niemals würde ich Lilly vor mir sterben lassen. Duken und Destiny standen fauchend hinter mir, und drohten damit Silver zu überwältigen. Dieser Anblick wäre ein Foto wert gewesen. Vampire, die einen Werwolf schützen wollten, und Werwölfe, die sich gegen den Anführer stellten. Und wenn Silver so weiter brüllen würde, gäbe es bald ein Foto von uns.

»Na los, bring es hinter dir, Silver. Töte mich endlich. Und begehe den Hochverrat. Töte einen deines Gleichen.«, forderte ich ihn heraus.

Ich schloss die Augen, und dachte an Lilly. Ein Knall und ein Aufschrei brachten mich dazu, die Augen zu öffnen und an meinen Körper zu tasten, ob ich verletzt war. Doch ich war es nicht.Stattdessen lag Lilly ohnmächtig auf den Boden. Die Kugel würde sie nicht töten, das tat nur Sonnenlicht und ein Holzpflock, aber sie war angeschlagen für den Moment. Ich kniete neben ihr und wurde wütend. Das große Verlangen in mir meinen ehemals besten Freund und nun Erzfeind zu töten wurde so groß, dass ich mich verwandeln wollte. Ich holte für einen Sprung aus um auf ihn zu springen, aber gleichzeitig fühlte ich mich plötzlich schwächer als zuvor. Ich landete vor Silvers Füßen und sah ihn verwirrt an.

»Ich kann mich nicht verwandeln«, mit Tränen in den Augen starrte ich ihn an und stand auf.

»Pech für dich, vielleicht ist das die Strafe für den Verrat«, Silver lachte und ich sah in seinen Augen Schwäche. Er versuchte, ebenfalls sich zu verwandeln.

»Was? Wie kann das sein? Der Fluch? Ist er gebrochen?«, er sah mich fragend an. Ein merkwürdiger Nebel und ein grelles Licht, erschien über Lillys Körper.

»Der Fluch wurde aus Liebe gebrochen. Anders als gedacht, aber mit Erfolg. Lillys Aufopferung und Liebe zu Adam hat den Fluch gebrochen. Der einstige Todfeind rettet seinen Gegner das Leben. Sie hat bewiesen, dass Vampire nicht mehr blutrünstig sind. So lebet wohl!«, sagte die Stimme aus dem Nebel. Lilly und ich hatten den Fluch gebrochen. Alle sahen sich verwundert an. Silver hatte keinen Grund mehr uns und die Vampire zu jagen.

»Wir sind frei?«, fragte Silver, während ich zu Lilly rannte und sie in dem Arm nahm, als sie wieder wach wurde.

»Was ist passiert?«, flüsterte sie.

»DU bist passiert. Du hast uns alle gerettet.«?, antwortete ich und küsste sie.

»Was mach ich denn jetzt? Vampire töten war mein Lebensziel«, sprach einer meiner Cousins aus dem Rudel.

»Mach worauf immer du Lust hast. Lebe dein Leben so, wie du es willst.«, meinte ich in seine Richtung.

Duken und Destiny rannten zu David und befreiten ihn von seinen Fesseln. Silver stand unter Schock, und rannte davon. Auch sein Lebensziel war jetzt weggeblasen. Ich hörte ewig nichts mehr von ihm.

Lilly und ich bauten uns ein Leben in Paris auf. Und die ehemaligen Rudel, die gab es nicht mehr, da es keine Werwölfe mehr gab.

Jeder konnte nun endlich so leben, wie er es wollte, kein Fluch bestimmte mehr unser Leben. Viele meiner Cousins gründeten nun Familien, hatten Arbeit und genossen ihr Leben. Niemand kannte ihre Vergangenheit, aber es würde wohl auch keiner glauben. Vampire und Werwölfe lebten immer im Dunkeln und Verborgenen, und so würde auch ihre gemeinsame Geschichte immer im Dunkeln bleiben.